MANEIRAS DE ALCANÇAR A INFELICIDADE, CONTO A CONTO

PAULO OURICURI

MANEIRAS DE ALCANÇAR A INFELICIDADE, CONTO A CONTO

Editora Labrador

Copyright © 2018 de Paulo Ouricuri
Todos os direitos desta edição reservados à Editora Labrador.

Coordenação editorial
Diana Szylit

Projeto gráfico, diagramação e capa
Felipe Rosa

Revisão
Bonie Santos
Deborah Paiva

Dados Internacionais de Catalogação na Publicação (CIP)
Andreia de Almeida CRB-8/7889

Ouricuri, Paulo
Maneiras de alcançar a infelicidade, conto a conto / Paulo Ouricuri.
— São Paulo : Labrador, 2018.
152 p.

ISBN 978-85-93058-95-0

1. Contos brasileiros I. Título.

18-0874   CDD B869.3

Índices para catálogo sistemático:
1. Psicologia

EDITORA Labrador

Editora Labrador
Diretor editorial: Daniel Pinsky
Rua Dr. José Elias, 520 - Alto da Lapa
05083-030 - São Paulo - SP
+55 (11) 3641-7446
http://www.editoralabrador.com.br
contato@editoralabrador.com.br

A reprodução de qualquer parte desta obra é ilegal e configura uma apropriação indevida dos direitos intelectuais e patrimoniais do autor.

SUMÁRIO

À GUISA DE INTRODUÇÃO 9

PARTE I - CONTOS DE INFIDELIDADE 11
CAPÍTULO 1 - DESPEDIDA DE SOLTEIRO 12
CAPÍTULO 2 - MENTIRAS SINCERAS 33
CAPÍTULO 3 - EM BUSCA DO TEMPO PERDIDO 42

PARTE II - CONTOS SATÍRICOS 51
CAPÍTULO 4 - O VIDENTE 52
CAPÍTULO 5 - VELÓRIO DE BÍGAMO 73
CAPÍTULO 6 - REI LEAR 85

PARTE III - CONTOS SÓRDIDOS 107
CAPÍTULO 7 - ACARÁS-BANDEIRA ALBINOS 108
CAPÍTULO 8 - UM PAÍS COMO NUNCA DEVERIA TER ACONTECIDO 114

DEDICATÓRIA

Dedico este livro ao meu pai, Paulo Antônio Rocha Ouricuri (*in memoriam*), à minha mãe, Aluce, à minha irmã, Patrícia, à minha mulher, Nara, e aos meus filhos, Victor e Thiago.

"SOU BEM-NASCIDO. MENINO,
FUI, COMO OS DEMAIS, FELIZ.
DEPOIS, VEIO O MAU DESTINO
E FEZ DE MIM O QUE QUIS"
MANUEL BANDEIRA

"I'M WORSE AT WHAT I DO BEST
AND FOR THIS GIFT I FEEL BLESSED"
NIRVANA

À GUISA DE INTRODUÇÃO

Este livro foi escrito no ano de 2017 e é composto por oito contos, sendo que o último se divide em quatro partes. Ele se dirige exclusivamente para o público adulto.

Organizei a coletânea em três seções distintas: Contos de Infidelidade (os três primeiros), Contos Satíricos (do quarto ao sexto) e Contos Sórdidos (sétimo e oitavo).

A inspiração para o primeiro conto veio da leitura de um livro de Thomas Mann. Os outros dois contos que compõem a parte Contos de Infidelidade foram escritos após um período no qual li peças de Tennessee Williams.

A segunda parte (Contos Satíricos) é também composta por três contos, e há uma intertextualidade entre o último deles e a peça *Rei Lear*, de William Shakespeare.

A última parte (Contos Sórdidos) contém um conto que escrevi inspirado na observação do meu aquário e uma crônica, dividida em quatro partes, sobre o nosso violento cotidiano.

Os contos são bem distintos entre si, sendo narrados às vezes em terceira, às vezes em primeira pessoa.

Cada uma das três partes do livro, assim como cada conto, é precedida de citações literárias, que servem como chaves interpretativas dos textos.

Todos os episódios narrados no livro são fictícios.

PARTE I

CONTOS DE INFIDELIDADE

"AQUELE QUE CONHECEU APENAS A SUA MULHER, E A AMOU, SABE MAIS DE MULHERES DO QUE AQUELE QUE CONHECEU MIL." **LEON TOLSTÓI**

CAPÍTULO 1
DESPEDIDA DE SOLTEIRO

"... TUDO É BELO NESTE MUNDO, TUDO, COM EXCEÇÃO DO QUE NÓS MESMOS PENSAMOS E FAZEMOS, QUANDO NOS ESQUECEMOS DOS OBJETIVOS ELEVADOS DA EXISTÊNCIA E DE NOSSA PRÓPRIA DIGNIDADE HUMANA."
ANTON TCHEKHOV

No leito, escorregando da lucidez para o delírio, os dois se entrelaçavam numa mistura de agonia e satisfação, em que cada apetite saciado despertava outro apetite mais tenaz, até a completa exaustão dos corpos.

Depois, ambos cochilaram, mas não abraçados. Ela acordou antes. Levantou-se para tomar um banho e voltou vestida com um roupão. Fumou um cigarro enquanto observava Adrian ainda dormindo na cama. Após alguns minutos, ele também acordou. Os dois se olharam sem dizer nada.

Ele também tomou um banho. Na volta, enquanto ele se vestia, ela disse:

– O meu marido não merece isto...

Ele ficou quieto.

– Adrian, não acho justo o que estamos fazendo com meu marido...

Vendo que não se esquivaria da conversa, ele respondeu:

– Inês, o seu marido não sabe de nada. O que os olhos não veem o coração não sente.

– Não sei se é verdade. Às vezes, me parece que ele sabe de tudo, e que sofre, sofre muito com isso...
– Você viu o meu chaveiro? – disse Adrian, fingindo procurá-lo.
– Não se faça de desentendido. O que a gente faz não está certo!
Após uma longa respiração, Adrian retrucou:
– O que você quer? Acha que deveríamos parar de nos encontrar?
– Não, não, não... Não se trata disso... Não, absolutamente não é isso. É que eu sinto pena...
– Inês, me desculpe, mas não posso fazer nada quanto a isso... Ou você aprende a conviver com a situação, ou vamos ter que terminar...
– Você tem outras amantes, não tem?!
– Já combinamos que não falaríamos sobre isso...
– Fica descombinado... Quero saber!
Adrian suspirou:
– Saio com outra menina, somente uma, mas nada importante. Só a vejo de vez em quando. Ela é muito imatura. Nem de longe tão exuberante quanto você! – disse ele, trazendo-a para perto de si na tentativa de um beijo. Ela se esquivou e prosseguiu:
– Qual é o nome dela? Como ela é? Ela é nova, é isso? Você prefere uma mulher mais jovem? Você gosta mais dela do que de mim?!
– Esquece isso! É claro que eu gosto mais de você... – disse Adrian, olhando para o lado.
– Mentira!
– Inês, o que sinto por você não sinto por mais ninguém! Um dia, vamos viver juntos, seremos apenas eu e você, juro!

— Você jura?!

Ele trouxe-a novamente para perto de si e, desta vez, conseguiu lhe dar um demorado beijo.

— Eu juro! Juro que você é a única que amo!

— Então larga essa vagabunda! Largo o meu marido também! Vamos viver juntos!

Adrian se afastou.

— Já disse que ainda não posso. Não agora. Preciso estabilizar a minha situação financeira. Você tem que ter paciência! Daqui a dois ou três anos...

— Não quero esperar dois ou três anos! Eu quero agora! Posso sustentar a casa até você se estabilizar... Quero você como marido hoje, o quanto antes, a tempo de termos o nosso filho juntos...

— Não, Inês, não! Eu sempre disse que não aceitaria ser sustentado por mulher nenhuma! Tenha calma, eu tenho apenas vinte e seis anos! Em dois ou três anos, garanto que vamos poder viver juntos!

— Você me acha velha! É isso, você me acha velha! — disse Inês, chorando. Adrian a abraçou, negando o que ela havia dito. Ele ainda teve que jurar, em diversos sussurros, que a amava, até conseguir outro beijo. Aos poucos, Inês parou de chorar e se recompôs. Após algumas carícias, Inês retornou ao assunto, insistindo em largar o marido para ficar com Adrian. Desta vez, Adrian foi ríspido, ameaçou terminar o caso, e ela, temerosa, retrocedeu. No fim, ela pagou o motel e ele a levou de carro para onde sempre a deixava, numa estação de metrô. Dali, Adrian deixou o carro em casa e foi ao bar, onde encontrou Thomas:

— Olha, olha, quem vem lá! Maridos, escondam suas mulheres! Lá vem o terror das balzaquianas! — disse Tho-

mas, rindo, quando Adrian se aproximava de sua mesa.
— Como vai, meu amigo?
— Vou bem, meu irmão. Melhor agora que você chegou. Conta para mim, como vão as suas casadas?
— Meu velho Thomas, sempre curioso... Cuidado, curiosidade mata... Bom, respondendo, atualmente estou saindo apenas com duas casadas. Também estou saindo com uma menina que foi da minha faculdade, mas nada que se compare às minhas coroas! — disse Adrian, rindo.
— Rapaz, sei que você gosta de mulheres mais velhas, mas esse seu fetiche por casadas ainda vai te trazer problemas...
— Eu me cuido, amigo. Se você tivesse uma, você saberia... Sair com uma mulher casada tem um sabor especial... Sou muito cuidadoso. Nunca fui e nunca serei surpreendido por nenhum corno!
— Você que pensa, meu irmão! O problema do malandro é achar que todos são otários. Vou contar uma verdade que li num livro. Aprenda. Todo marido sabe quando está sendo traído, só que não fala para ninguém porque acredita que é o único que sabe. Por sua vez, os amigos do casal também sabem da traição da mulher, mas ninguém tem coragem de contar ao marido, pois temem o que pode acontecer caso o corno descubra a sua condição... Enfim, apenas adúlteros ingênuos pensam que ninguém sabe de nada...
— Você e seus livros, Thomas! Cada fantasia que esses livros botam na sua cabeça... Por falar nisso, tem lido algo de bom?
— Mudando de assunto, hein?! Bom, acabei de ler um ótimo da Agatha Christie. Vale a pena a leitura! O título é *Um brinde de cianureto*. Mas não tenta fugir da conversa,

não. Vamos voltar ao que interessa: cuidado com mulheres casadas! Você é boa-pinta, não precisa ficar procurando sarna para se coçar...
– Você diz isto porque nunca teve uma, Thomas! Vou te ensinar uma coisa que aprendi com a vida, sem livros... No casamento, quando acaba a fantasia e começa a realidade, aparece a monotonia do cotidiano, trazendo impaciência, insatisfações... Desse momento em diante, surge uma carência específica às casadas... Da mesma forma que só há pérolas no ventre de ostras, só a frustração do casamento gera essa oportunidade de ouro! Quando o príncipe com que elas sonharam desde a infância vira sapo, as casadas começam a alimentar outra fantasia, a do homem que vai conduzi-las no colo ao sonho possível, que é a conveniência do casamento com um sexo delicioso e sem compromisso... Você não tem ideia do entusiasmo que esse desejo alimenta... Basta você convencê-las de que você é o amante que elas procuram, meu amigo, que se abrem as portas do Paraíso! – disse Adrian, eufórico, batendo no ombro de Thomas. Depois, percebendo sua imprudência, olhou para as mesas ao lado. Ninguém os observava. Então, baixou o tom de voz e prosseguiu:
– A delícia de uma vida dupla, não tem mulher que resista, mesmo as carolas! O conforto do casamento sendo desfrutado junto com a euforia do sexo proibido... Você não sabe o que essa química é capaz de fazer... Casadas são insuperáveis na cama, geralmente pagam tudo, são mais afetuosas, mais charmosas e quase nunca fazem cena...
– Você é teimoso! Quer saber, sinceramente, eu te invejo, Adrian, pelo seu *talento* peculiar, pelo seu *faro* para descobrir casadas carentes... Agora, lembre-se que o dia-

bo mora nos detalhes, meu caro amigo! Cuidado com esse "quase nunca"...

— Eu tomo cuidado, meu amigo. Quando chega a hora da chantagem emocional, sei que tenho que pular fora do barco... Quer dizer, quase sempre...

— Olha o "quase" aí de novo... Deve ter uma coroa de quem você não consegue se livrar... Mas olha só, você tanto aprontou que até que enfim se apaixonou — disse Thomas, batendo nas costas de Adrian enquanto soltava uma gargalhada.

— Deixa de ser bobo, Thomas! Vira essa boca pra lá! Ainda não me livrei dela, mas vou fazer isso quando puder...

— *Dela* quem?

— A Inês, uma das duas casadas com quem estou saindo agora. Ciumenta, às vezes tem umas ideias esquisitas. Fala em largar o marido, chora... Pensei em terminar várias vezes, mas sempre desisto quando transamos. A danada é muito atraente e boa de cama... Compensa o risco.

Adrian fez uma pausa e prosseguiu:

— Além do mais, ela tem alguma coisa que me dá pena...

Thomas gargalhou novamente e disse em tom jocoso:

— Isso é paixão, meu amigo! Paixão! Estou vendo todos os sinais! O jeito como você falou dela, a dificuldade de abandoná-la... Rapaz, você está apaixonado!

— Para de besteira, Thomas! Não é nada disso. Vamos mudar de assunto...

Thomas riu por mais um tempo. Adrian estava visivelmente constrangido.

— Adrian, sábado da semana que vem vai ser meu aniversário. Vou comemorar na boate de sempre, a partir das dez da noite. Sabe quem vai estar lá?

— Quem?!
— A Ana, aquela nossa ex-vizinha que tinha um *poodle*, por quem você tinha uma paixão platônica... Eu a encontrei numa festa, ficamos conversando e a convidei. Ela prometeu que iria... Tomara que vá!
— Ana, a morena que tinha olhos de esmeralda? Ela era espetacular!
— Sim, a própria. Só que ela não vai te interessar mais. Além de ter nossa idade, ela se separou há três meses do marido, um médico... Separada não tem mais graça, não é?! Deixa a Ana para mim, Adrian! — disse Thomas, gargalhando. Adrian gargalhou também. Depois de algum tempo, pagaram a conta do bar e se despediram.

Entre esse dia e a festa de Thomas, Adrian foi ao motel com cada uma das três amantes que tinha. A namoradinha nova não o empolgava tanto. Ele preferia as suas casadas, particularmente Inês. Os encontros com ela tinham uma intensidade crescente e percorriam invariavelmente o seguinte roteiro: primeiro, o instante inicial de frieza fingida, que durava até que ambos estivessem a sós no motel. Ali, o casal se degustava como se não houvesse um mundo ao redor. Por fim, vinha a ressaca, quando Inês externava com cada vez mais ênfase seu sentimento de culpa e o desejo de acabar o casamento com Fausto, seu marido. Para tanto, bastaria uma palavra de Adrian, uma só. Mas ele relutava em dá-la, como relutava também em se afastar de Inês.

No sábado marcado, Adrian foi sozinho à festa de Thomas. Chegou cedo, porque estava cansado naquele dia e pretendia voltar logo. No entanto, uma jovem com cabelos tingidos de loiro que apareceu de repente fez com que ele mudasse o propósito. Ela tinha olhos verdes.

Era Ana.

Um sentimento de nostalgia apossou-se de Adrian. Ele se lembrou da infância, quando brincavam no *playground*, os meninos separados das meninas. Em algum momento impreciso, uma brincadeira misturou os dois grupos. Era algo que envolvia perguntas cujas respostas, às vezes, resultavam em beijos. Certa vez, Ana teve que responder a uma pergunta indiscreta. O coração de Adrian disparou. Porém, ela disse o nome de *César*, um rapaz um pouco mais velho. Um beijinho discreto entre os dois, e pela primeira vez na vida Adrian sentiu ciúmes.

O grupo foi crescendo junto, e Adrian paquerou Ana em diversas ocasiões, sem sucesso. Certa vez, num pequeno sarau no *playground*, ele fez um solo de guitarra que empolgou os presentes. Após os aplausos, ele o dedicou à Ana, constrangendo a menina, que pretendia namorar outro rapaz, também mais velho. Aos dezesseis anos, Ana se mudou para outro bairro e perdeu o contato com Adrian, Thomas e os demais. Agora, vendo-a na festa após tantos anos, Adrian foi flechado pelo eco de uma afeição remota. Só que ele já não era mais o adolescente inexperiente de anos atrás. Tinha se tornado um Casanova orgulhoso. Sua mente libidinosa e vingativa tinha planos para Ana.

Em alguns minutos de boate, Ana dispensou dois pretendentes. Thomas veio cumprimentá-la, engatou uma conversa, mas se afastou dela um pouco para dar boas-vindas a outros convidados da festa. Adrian se aproveitou do fato:

– Oi, Ana! Lembra de mim?

– Oi! Você é o Adrian, não é? Não envelheceu nada! Impressionante!

– Você mudou...

– É, agora sou loira!
– Isso também. Mas o que notei mesmo é que está mais bonita!
– Você nunca valeu nada, Adrian... – disse Ana, rindo envergonhada.

Os ex-vizinhos conversaram a noite inteira. Trocaram recordações da adolescência. Thomas ainda se juntou aos dois uma vez. Porém, como não lhe deram muita atenção, retirou-se. Outros conhecidos também se aproximaram, mas sentiam-se logo como intrusos e se afastavam. Perto do fim da festa, Adrian beijou-a pela primeira vez. Ofereceu-lhe uma carona, mas ela recusou. Conseguiu, ao menos, o número de seu celular.

Embora ansioso, Adrian demorou cinco dias para entrar em contato com Ana. Nesse meio tempo, aborreceu-se com a namoradinha (que começava a ficar possessiva) e terminou o relacionamento. Saiu outra vez com Inês e, demonstrando irritação com mais uma chantagem emocional, esteve perto de encerrar o *affair*. Lágrimas mais incisivas de Inês, acompanhadas de uma desesperada promessa de *nunca mais faço isso*, impediram que tudo acabasse.

Quando enfim telefonou para Ana, Adrian convidou-a para jantar no sábado seguinte. Antes de sair com ela, no meio da tarde, ele encontrou Thomas no bar de sempre:
– Adrian, seu fura-olho! Não respeita nem os amigos! Eu te disse que a Ana era minha...
– Thomas, meu caro, me desculpe! O instinto falou mais alto. Além do mais, vi que a Roberta estava te perseguindo na festa... Você não pode desperdiçar aquela morenaça... – disse Adrian, forçando um sorriso e dando um tapinha nas costas de Thomas.

– Vai ter volta, Adrian! Vai ter volta! Mas me diga uma coisa: os pombinhos já estão namorando?
– De jeito nenhum! Vamos sair hoje à noite para jantar, tentarei algo mais depois... Mas não tenho pretensões de namorar...
– Adrian, gosto da Ana. Cuide direitinho dela, não a machuque... Ela me pareceu bem magoada pelo fim do casamento...
– Thomas, Thomas... eu e a Ana temos contas a acertar. Na minha vida, ela e a Priscila foram as únicas mulheres que me desprezaram... Mas isso foi no passado. Agora, sou outro. Ela vai ficar apaixonadíssima por mim e daí vai saber o que é desprezo...
– Não faça isso, Adrian! Para que essa bobagem?
– Thomas, Thomas, você ainda tem que aprender muito sobre mulheres, meu amigo! A sedução é um jogo de poder. Ou você domina ou é dominado. Ou despreza ou é desprezado. Ou é capataz ou é capacho... Não tem meio termo nem outra realidade. A regra de ouro: nunca se apaixone! A única coisa que vale a pena desfrutar com uma mulher é o sexo! O sexo e nada mais! E, quando ele é servido com os temperos certos, como a vingança ou a culpa, não há coisa melhor!

Mais tarde, Adrian e Ana foram jantar num restaurante chique. Ela estava *especialmente linda* no encontro. Seus olhos eram uma porta para o passado, para os bons tempos de infância e adolescência. E os jovens tinham muitas lembranças dos velhos tempos. Perceberam que sentiam mais saudades daquele *playground* do que pensavam. Pouco após chegarem ao restaurante, o garçom trouxe a carta de vinhos. *Eu não queria dizer César, queria dizer o seu* nome. *Mas fiquei com vergonha*, confessou Ana. Adrian quis muito acreditar no que ela dizia. Ele era um exímio enófilo e escolheu o melhor vinho. No final, ela quis dividir a conta, mas ele fez questão de pagar o jantar sozinho. A noite se estendeu na casa dela. Dormiram juntos e Adrian só se foi depois do almoço de domingo.

Na segunda-feira seguinte, ele acordou cedo e foi a uma floricultura perto da casa dela. Ana começou a semana recebendo lindas rosas vermelhas.

Na quarta-feira, Adrian foi ao motel com a outra mulher casada com quem estava saindo além de Inês. Achou o sexo aborrecido. No fim, surpreendeu-a dizendo que não poderia mais vê-la, que teriam que acabar tudo. Ela chorou, sem entender, mas não comoveu Adrian. Agora, eram duas: Ana e Inês.

No fim de semana, Adrian saiu com Ana sexta, sábado e domingo. Foi surpreendido, num momento em que estava com Ana, por uma ligação de Inês.

– Quem é? – perguntou ela.

– Nada. É o meu chefe. Ele às vezes me liga no fim de semana, para cobrar alguma coisa do trabalho. Mas não vou atendê-lo. É um abuso! – disse, desligando o celular, sem atendê-lo.

Na terça-feira, Adrian encontrou-se com Inês. *Onde você passou o fim de semana?*, perguntou ela, em tom ciumento. Ele se irritou e disse rispidamente que não lhe devia satisfações. Ela engoliu a resposta. Foram para a cama. O sexo ainda era bom, mas Adrian pensava em Ana e, estranhamente, no ex-marido dela, enquanto estava com Inês. Nesse dia, Inês notou que ele estava distante. Ela nem chegou a falar do coitado do Fausto. Quis saber se Adrian estava com algum problema. Ele disse que não. Perguntou se ele estava com outra. Ele também disse que não. Enfim, Adrian disse que Inês tinha razão, que não era certo o que eles faziam com Fausto. Inês chorou, disse que tinha descoberto que Fausto não a amava, que também a traía, e que por isso *merecia o chumbo trocado*. Adrian perdeu o argumento e foi sufocado pelos beijos e pelas lágrimas de Inês. Enfim, continuaram amantes.

    Adrian e Ana passaram o final de semana seguinte inteiro juntos. Ele reviu os pais dela. *Lembro-me deste rapaz quando jovem. Sempre quis que você o namorasse*, disse a mãe de Ana, com uma indiscrição calculada. Quando se deu conta, Adrian estava namorando.

    Na semana seguinte, Adrian e Inês não se viram, como era costume. Ele a evitou, e já tinha planejado todo o fim de semana com Ana novamente quando recebeu a ligação de Inês na quinta à tarde. Ela disse que iria para um congresso em São Paulo de sexta a domingo e que ficaria hospedada num ótimo hotel, *sem conhecidos por perto*. Fausto nem desconfiaria, e *seria uma ótima oportunidade para passarem o final de semana agarradinhos na cama*. Afinal, ela não estava com *paciência para ver palestra alguma*. Adrian disse que, infelizmente, não poderia ir, pois viajaria para Teresópolis, para o aniversário de um primo.

    E ele passou o final de semana com Ana, e outros mais. Via-a cada vez com mais frequência. Quanto mais a via, mais sentia a falta dela. Quanto mais feliz por namorá-la se sentia, mais aflito ficava. Um dia, tomou coragem e perguntou se ela o amava. Os demorados segundos do olhar de Ana foram uma tortura, mas o *siiim* enfático, somado aos carinhos e beijos que vieram depois, fez com que ele se sentisse o homem mais feliz do mundo. No entanto, perguntar uma vez não foi suficiente. Pouco a pouco, Adrian enredou-se numa teia de apreensões. Passou a questionar insistentemente se ela o amava, sempre com a mesma angústia, com o mesmo medo de ouvir evasivas ou um não. Quando ela respondia, Adrian aguçava os sentidos para não permitir que lhe escapasse a sombra de qualquer intenção da namorada. Ele sentia um ódio cada vez mais acentuado do ex-marido dela. Adrian sempre perguntava se Ana *realmente* o tinha esquecido. Quando ela dizia *amo apenas você, como nunca amei alguém*, Adrian media as carícias que seguiam tais palavras, às vezes achando-as excessivas (*ela está escondendo alguma coisa, será que viu o ex-marido?*), às vezes achando-as escassas (*ela está enjoando de mim, está com saudades do ex-marido, é isso!*). E ele vigiava os olhos da namorada na rua, prestava mais atenção nela sempre que passava um homem atraente. Não raro, tinha acessos de ciúme, reclamando que ela tinha olhado para alguém. Ela negava e negava e jurava ser fiel. *E você, por que sempre desliga o celular quando está comigo? Tem certeza que é o seu chefe?* Adrian desconversava, e jurava ser fiel também.

No íntimo, Ana sentia-se agradavelmente assustada com este ciúme. Após ponderar por um tempo, tomou uma decisão. Certo dia, após reafirmar que o amava, em meio às juras de amor, acrescentou que *casaria hoje mesmo*. O rapaz, surpreso, mas aliviado pela chantagem, aceitou o desafio, e a pediu em casamento no ato. Estavam noivos.

Mas ainda havia Inês.

Ela se tornara um fardo. Encontravam-se semana sim, semana não, e Adrian não conseguia se desvencilhar de sua *coroa favorita*. A cada encontro, ele retirava a aliança do dedo e jurava que aquele seria o último. Mas sempre havia outro. Inês estava cada vez mais carinhosa, mais criativa e submissa na cama, não falava mais de Fausto e sempre trazia um presente caro e uma fantasia diferente para o motel. Certa vez, quando ela levou uma roupa de colegial, ele reuniu forças, confessou que estava noivo e disse que daquele dia em diante *tudo estaria acabado*. Inês, de início, não disse nada. Depois de algum tempo, chorou convulsivamente e, quando ele tentou consolá-la, gritou *canalha* diversas vezes. Ele a agarrou até que ela se acalmasse. Inês ainda o agrediu. Porém, dessa vez, ele realmente estava decidido. *Acabou*. Saíram do motel e Adrian a deixou na mesma estação de metrô de sempre, sem palavras nem beijo de despedida. Apenas lágrimas e soluços de Inês.

 Os meses seguintes foram ótimos: Ana e Adrian marcaram o casamento e planejaram a lua de mel em Roma. Ele conseguiu um emprego mais bem remunerado. A carreira dela ia muito bem. Faziam planos para ter um filho em cinco anos, passavam os finais de semana juntos, às vezes viajando para Búzios ou Teresópolis. Morariam no apartamento de Ana. Como o matrimônio anterior dela fora apenas no civil (o ex-marido de Ana era divorciado quando casaram), eles conseguiram marcar a cerimônia de casamento numa igreja católica. Thomas foi o primeiro padrinho a ser escolhido, e ele felicitava sempre Adrian *por ter adquirido juízo*, e pela sorte de *conquistar uma mulher como Ana*.

 Pouco mais de dois meses antes do casamento, a mãe de Ana, Laura, faria sessenta anos de idade, *muito bem vividos*. Resolveu dar uma grande festa para comemorar a data no apartamento da irmã, que morava numa cobertura bastante espaçosa.

Na festa de aniversário, estavam numa roda de conversa os noivos, os pais e a tia de Ana. Eis que um casal se aproximou:
– Este bonitão é o seu futuro genro, Laura?
Adrian tremeu.
– Inês, tenha compostura!
– Deixa de ser bobo, Fausto! Vim apenas falar com minha querida amiga aniversariante e parabenizar a minha queridíssima Ana pela sorte!
– Muito obrigada – disse Ana, ressabiada.
– Minha querida, que ótimo te ver novamente! Você não tem aparecido na academia. Parou de fazer ginástica? – perguntou Laura, enquanto cumprimentava Inês com dois beijos no rosto. Enquanto isso, Fausto cumprimentava com um aceno de mão os presentes no grupo. Depois, lançou um olhar pouco amistoso para Adrian, que virou o rosto.
– Ando meio sem tempo. Muito trabalho. Até engordei dois quilos, mas planejo voltar em breve.
Então, Inês cumprimentou os demais membros da roda com dois beijos no rosto. Ana mereceu um abraço além dos dois beijos, e Adrian foi o último a ser cumprimentado. *Muito prazer! Cuide com carinho desta menina, porque ela é de ouro!*, disse Inês, enquanto dava dois beijinhos no rosto de Adrian, o segundo perto da boca.
Fausto e Inês juntaram-se ao grupo. Ele, que tinha cerca de vinte anos a mais do que ela, permaneceu calado o tempo inteiro. O pai de Ana ainda tentou fazer com que ele participasse da conversa, sem sucesso. Já Inês era quem praticamente monopolizava a conversa. Engatava uma fofoca atrás da outra, depois uma piada atrás da outra, deixando para o fim algumas de conotação sexual. O rosto

de Fausto revelava uma contrariedade crescente. Adrian mordia os lábios e olhava para os lados o tempo inteiro. Às vezes, forçava um sorriso no fim de algumas piadas, para não levantar suspeitas.

Após meia hora, Fausto pediu licença aos demais e conduziu Inês para a varanda da cobertura. Ali, o casal discutiu em voz baixa. A expressão corporal e os gestos de ambos denunciavam a altercação.

Quando saíram da varanda, Fausto foi embora da festa, sem cumprimentar ninguém. Inês não foi, ficou sozinha. Intrometeu-se numa roda de conversa vizinha ao local onde estavam Adrian, Ana, Thomas e sua namorada (que foram convidados por Ana). Adrian suava bastante, e Thomas lhe ofereceu um lenço. Ana perguntou se ele estava se sentindo bem. Ele disse que não, que estava com uma forte enxaqueca, o que fez com que Ana lhe oferecesse um comprimido e o conduzisse para um dos quartos da cobertura, onde ele pôde se deitar no escuro, sozinho. Ana disse que o chamaria na hora do bolo, e depois os dois iriam para o apartamento dela juntos.

Ficar ali, sozinho naquele quarto, foi um alívio para Adrian. Ele torcia para que Inês fosse embora antes de ele sair dali. Às vezes, lembrava-se dos olhos hostis de Fausto e da voz zombeteira de Inês, mas tentava não pensar nisso. De repente, o celular apitou. Era uma mensagem de Inês:

Não fuja de mim! Será pior.

Desesperado, Adrian respondeu com outra mensagem:

Por favor, me deixe em paz!

Após dois minutos, veio a resposta.

> *Você está em paz... Feliz, com uma jovem bonita... Meus parabéns!*

> *O que você quer que eu faça?! Por favor, me desculpe. Eu nunca quis te magoar. Não estrague a festa de aniversário de sua amiga! A Ana não tem culpa! Não estrague a felicidade dela!*

> *Eu nunca faria isso. Quero dizer, a princípio não... Se chegarmos a um denominador comum, não farei o que você teme...*

> *O que você quer?!*

> *Quero apenas duas coisas. A primeira: saia deste quarto agora!*

> *Tudo bem. E a segunda?*

Mais um minuto de espera.

> *Atenda a ligação que lhe farei na segunda-feira, na parte da tarde.*

Adrian não respondeu. Recebeu outra mensagem.

> *Vamos, rapaz, saia do quarto agora! Se não, o seu noivado terminará nesta festa... E atenda a minha ligação na segunda!*

Adrian saiu do quarto, tremendo.

Ana foi acolhê-lo. Disse que ele não parecia bem. Pediu, insistiu para que ele ficasse um pouco mais no quarto. Ele disse que não, que já estava bem e que queria ficar na festa. Inês se aproximou e sugeriu à Ana que o levasse para a varanda, pois ele estaria precisando de *um pouco de ar fresco*. Adrian concordou com ela, foi para a varanda e ficou uns quinze minutos por lá, onde se acalmou um pouco.

Depois, Adrian e Ana foram cantar os parabéns. Quando ele saía da varanda, Inês se aproximou e perguntou se ele se sentia melhor. Ele disse que sim e olhou para o lado onde estavam Thomas e a namorada, puxando assunto com o casal enquanto se dirigia à mesa do bolo.

– Ela está olhando para você... Não gosto dela... Sempre disse para mamãe que esta mulher é uma falsa! – disse Ana para Adrian após os parabéns.

– Também não gostei dela – respondeu Adrian, para logo depois mudar de assunto.

A festa acabou. Adrian e Ana foram para casa após todos os convidados se retirarem. A despedida de Inês foi celebrada silenciosamente por Adrian.

Na segunda-feira, tocou o celular de Adrian. Seu coração disparou. Era Inês.

Ele estava no trabalho, prestes a entrar em uma reunião. Pediu desculpas aos presentes e disse que teria que se atrasar um pouco. O chefe protestou, mas Adrian não lhe deu ouvidos. Isolou-se dos demais e atendeu a ligação:

– Olá, Adrian! Tudo bem? Mas que lindinhos os pombinhos na festa da Laura! Vocês formam um lindo casal!

– O que você quer, Inês?

– Ora, não seja brusco! Seja delicado, você está falando com uma dama, uma senhora casada, muito bem casada, por sinal! Adoro o Fausto! Amo o meu homem! Tão viril, tão ciumento, tão preocupado comigo... Sempre o temi bastante... Ele é capaz de coisas que você nem imagina...

– Por favor, para com isso. O que você quer?
– Você sempre foi muito impaciente, Adrian! A juventude não faz bem às pessoas. Siga o conselho que Nelson Rodrigues deu aos jovens: "Envelheçam rapidamente!".
– Bom, se é só isso que você tem a dizer...
– Claro que não, bobinho! Quando será o seu casamento?
– Daqui a mais ou menos dois meses, num sábado...
– Ótimo! Então agora você vai saber o que quero. Quero ser a sua despedida de solteiro... Melhor dizendo, eu *vou ser* a sua despedida de solteiro!
– O quê?! Você está louca?!
– Como louca?! É uma tradição! Todo homem que se casa faz uma despedida de solteiro. Considerando o nosso passado, a única coisa que exijo de você é que *eu* seja a sua despedida de solteiro... Ah, sim, e você não terá direito a outra despedida! Caso contrário... Bom, você que sabe...
Ambos se calaram por alguns segundos. Depois, Inês prosseguiu:
– E então? Vai desperdiçar essa oportunidade de ouro?
– Certo, certo! Isto posso fazer...
– Ótimo, meu rapaz! Sabia que você era um jovem esperto. Deixe-me apenas estabelecer minhas últimas condições...
– Condições?!
– Sim, condições! Você vai e leva uma mala com sua roupa de noivo dentro. Leva as alianças também. Vamos ao nosso motel favorito na quinta-feira, dois dias antes do casamento. Você casa num sábado, não é?
– É, sim, já disse que vai ser num sábado. Mas e se eu não for? E se meus amigos me forçarem a fazer outra despedida?
– Você que sabe... Tudo na vida tem as suas consequên-

cias... Dois meses é uma eternidade... Muita coisa pode acontecer... E nem tente me enganar, porque as notícias voam depressa... Agora, chega de conversa! Quero a sua resposta agora!

– Sim... Não... Quero dizer, sim, sim! É só isso?

– É só, meu pombinho! Você está muito assustado! A gente vai se falar quando chegar perto do dia da despedida. Rapaz de sorte você, hein?! Uma coroa enxutinha, pagando motel e tudo o mais, só pra você... Um beijo na boca, meu noivinho!

Adrian sentiu um grande alívio ao desligar o celular. Foi para a reunião no trabalho, e lá ficou o tempo inteiro pensando na conversa que teve com Inês. *Dos males, o menor. Até que não é má ideia*, pensou, descartando também outra despedida de solteiro.

O tempo passou rápido. Adrian disse ao sempre sereno Thomas que não queria nenhuma despedida de solteiro, *de jeito nenhum!* Pediu ao fiel amigo que avisasse aos demais que ele, Adrian, era um homem mudado, e que Ana não merecia nenhuma traição. Assim foi feito.

Na quinta-feira, dois dias antes da cerimônia religiosa, Adrian e Inês se encontraram no local de sempre. Ela estava com uma mala e uma bolsa grande, e a mala dele com a roupa de noivo estava no porta-malas do carro. Ele pôs a mala dela junto com a dele. Foram ao motel.

Escolheram um quarto com garagem privativa. *Seja um cavalheiro! Carregue a mala da dama.* Ele levou as malas ao quarto. *Vista-se de noivo. Vou ao banheiro me preparar. Um noivo não pode ver a noiva vestida para o casamento antes da cerimônia. Dá azar!* E Inês foi se trocar no banheiro.

Ela saiu de lá deslumbrante! Estava vestida de noiva.

Parecia mais jovem. *Você está lindo, Adrian! Me lembra bastante o Fausto no dia do nosso casamento. Aliás, hoje só o chamarei de Fausto!*, disse ela, ao vê-lo.

Ela se aproximou dele. Fez menção de beijá-lo, mas recuou. *Está na hora de trocarmos as alianças. Me dê a sua! Aqui está a minha.* Em seguida, ela reproduziu as palavras que a noiva diz no altar na cerimônia matrimonial. Deu um papelzinho para Adrian, para que ele dissesse as palavras do noivo. Cada um pôs a aliança no dedo do outro. Depois, os dois se beijaram com sofreguidão.

Adrian ia começar a tirar a roupa, mas ela o conteve: *Não, não, não! Ainda não, meu jovem! Antes de termos a nossa noite de núpcias, precisamos receber os convidados!* Adrian se sobressaltou. Olhou para os lados e para trás. Não havia ninguém. *Parece que não chegaram ainda. Vou preparar um drinque para nós dois enquanto eles não vêm*, disse Inês, com um sorriso. Adrian começou a ficar nervoso, e ela pôs dois dedos sobre os lábios dele, dizendo: *Calma, Fausto! Nada vai lhe acontecer! A noite será inesquecível, confie em mim! Me espere aqui.*

E ela se dirigiu ao banheiro novamente, onde estavam a mala e a bolsa. Voltou com duas taças de vinho tinto. *É o seu vinho predileto, escolhido especialmente para este momento único. Um brinde à nossa união!* Juntinhos, como se posassem para uma foto, os dois brindaram e beberam.

No dia seguinte, a porta do quarto teve que ser aberta por fora.

CAPÍTULO 2

MENTIRAS SINCERAS

> "O MEU AMOR TEM DUAS VIDAS PARA AMAR-TE.
> POR ISSO TE AMO QUANDO NÃO TE AMO
> E POR ISSO TE AMO QUANDO TE AMO."
> **PABLO NERUDA**

"Nosso casamento sempre foi uma mentira!

Ele coça o queixo. Não diz nada.

– Uma mentira! Uma enorme mentira! Eu também te traí! Sim, traí, traí sim!

Ele continua sem se importar, bebendo seu uísque.

– Você ouviu o que eu disse?

– O que você disse?

– Que também te corneei.

– Que você me traiu eu sempre soube. A novidade foi descobrir que eu sou infiel.

– Cínico!

– Não sou cínico! De onde você tirou essa ideia de que eu te traí?

– A Cláudia me contou tudo sobre vocês!

Ele faz um ar de surpreso.

– Tudo sobre nós?! Que tudo?

– Deixa de ser cínico, já disse!

– Não posso deixar de ser quem eu sou. Mas estou curioso. O que houve entre mim e a Cláudia?

– Você sabe! Você sabe! Tanto que não se importa com

os meus amantes!
   Pela primeira vez com uma expressão de contrariedade no rosto, ele olha para ela. Depois, prossegue:
   – Amantes? Quantos você teve? Não foi apenas o Lucas?
   Com um ar triunfal, ela responde:
   – Você sabia do Lucas?
   – Sim, sabia! Sabia sim! Não foi só ele?
   – Não! Não foi só ele. Tive três amantes ao longo dos nossos dez anos de casamento. Três, você escutou bem? Um, dois, três homens me comeram quando eu já era sua esposa, seu corno!
   Ele sente o golpe. Com um gole, acaba com o copo de uísque. Enche o copo novamente. Transtornado, pergunta:
   – Quem foi?
   – Para que você quer saber? Você não liga mais para mim! Nem me lembro da última vez que transamos!
   – Quem são os outros dois? Responde!
   – Por que você quer saber? Se o Lucas podia, por que outros também não podem?
   – Você nunca gostou daquele palerma do Lucas. Você o desprezava. Não era o seu tipo de homem. Nem sei o que te levou a dormir com ele. Agora, que vocês transaram uma vez, eu sei. Sei quando e onde. O cretino me contou, bêbado, uma semana antes de morrer naquele acidente de carro. Vi que não estava mentindo, e esmurrei aquele babaca na hora, bem na boca. Foi o melhor soco que dei na vida! Ele te teve por uma vez na cama, mas perdeu dois dentes por isso. Mas isso agora não importa. Quero saber quem foram os outros.
   Ela vê que venceu. No entanto, de súbito, algo mudou. Ela começa a amargar o arrependimento pela vitória.

– Você nunca me contou que agrediu o Lucas...
– Você nunca me contou que me traía. Não até hoje...
– Você sente ciúmes de mim?!
– Não mais! Sinto desprezo por você! Você deveria se envergonhar de olhar na cara dos seus filhos!
– Nossos filhos! Nossos filhos, embora você nunca tenha ligado para eles!
– Não sei nem se são meus...
– São seus, sim, seu cínico! Quem você pensa que eu sou?
– Uma adúltera serial, segundo suas próprias palavras!
Ela irrompe em lágrimas. Ele, furioso, não a consola. Dá outro gole no uísque e se dirige para a porta do quarto. É interrompido por ela, que agarra com as duas mãos o seu braço:
– Espera!
– Esperar o quê? Que você me conte quem são os outros que te comeram? Não quero mais saber! A nossa separação já estava decidida, você sabia disso! Poderia pelo menos ter guardado segredo sobre a sua infidelidade. Nunca te contaram que a hipocrisia é a homenagem que o vício presta à virtude?
– Foi só o Lucas! Só ele! Nunca houve outros!
– Mentira!
– Não! É verdade! Juro, eu juro que é verdade, foi só o Lucas! – ela diz em meio a lágrimas, se ajoelhando.
– Mesmo que tenha sido só ele, você acha pouco?
– Eu só te traí porque você me traiu antes!
– Já disse que nunca fui infiel! Embora devesse ter te traído!
– Mas a Cláudia me contou tudo...
– Ora, a Cláudia... E você acreditou naquela mentirosa?

Ainda ajoelhada, ela começa a duvidar de suas convicções.
— E por que ela mentiria? Por que ela estragaria nossa amizade confessando que teve um caso com você?
— Porque ela nunca foi sua amiga, e sempre me paquerou, desde quando a conheci!
— Vocês nunca tiveram nada?
— Nunca, felizmente, nunca!
Uma pausa. Ela olha para ele. Pede para ele a olhar também. Depois, pergunta:
— Você nunca me traiu?
— Infelizmente, não. Deveria ter te traído, mas nunca aconteceu — ele diz, e olha para o lado. — Agora não vai mais ser necessário. Amanhã vou deixar esta casa. Quero um exame de DNA nas crianças! Quem me garante que posso chamá-los de filhos?
Perplexa, sem acreditar no que ele diz, ela sente a necessidade de defender a própria respeitabilidade, contra a qual ele imprudentemente investiu.
— É claro que são seus! Só foi o Lucas, e nenhum outro!
— Mentirosa!
— Não sou mentirosa!
— Você acabou de me dizer que teve três amantes! Ou mentiu antes, ou está mentindo agora! Não tem outra alternativa! Logo, se mente, é mentirosa!
— Eu menti por amor!
— E me traiu com o Lucas, e provavelmente com os outros dois, também por amor?
— Não tive outros dois, menti! Menti, sou mentirosa, e quem não é? Mas menti por amor a você!
Ela olha para o chão e chora, soluçando. Ele também chora, mas disfarça. Após um tempo, ele prossegue:

– Se o seu amor é assim, preferia ter tido o seu ódio!
– O ódio é uma das faces do amor! Meu Deus, será que você não entende nem isso?
– Você perdeu a lucidez. Não sabe nem mais o que fala.
– Eu não sabia quando começamos a conversar. Agora sei. Agora sei, quero que você me escute!
– E o que foi que eu fiz esse tempo todo? Se ouvi bem, você admitiu o Lucas, confessou outros dois e se arrependeu de ter confessado depois que descobriu que a Cláudia é outra mentirosa e que nunca foi sua amiga. Em resumo, não foi isso o que conversamos?
– Sim, mas não teria sido isto se eu soubesse a verdade entre você e a Cláudia. Por que você nunca me contou?
– Deixa eu pensar... Talvez porque nunca tenha acontecido nada entre mim e a Cláudia. Nada além do meu constrangimento com as cantadas que recebi da sua ex-melhor amiga. E por que nunca te contei que nunca tive um caso com ela, será essa a sua próxima pergunta? A resposta é simples: porque você nunca me perguntou se tivemos um caso. Nunca me perguntou!
– Você deveria ter me dito! Você sabia que brigamos por sua causa!
– Sim, sabia!
– Então por que não desmentiu o seu caso com ela?
– Porque não havia o que desmentir! Nunca menti, então não tinha que desmentir nada!
– Eu fiz várias insinuações do teu caso com a Cláudia... Não é possível que você não tenha entendido!
– Não sou muito perspicaz...
– Sonso! Você é um sonso! Sempre se fez de sonso!
– Posso até ser. De qualquer forma, se você desconfiava

de algo, deveria ter perguntado claramente.
— Se é isso que você quer, acredito! Acredito em você! Ainda assim, a Cláudia mentiu pra mim! Você deveria saber da intriga que ela fez no nosso casamento! Deveria não, você sabia! E tudo desandou porque ela mentiu para mim e você fingiu que não sabia que ela tinha mentido!
— Não, eu não sabia! Por que eu deveria saber? Não sou adivinho. Você não me contou, você não percebeu que nunca me disse isso? Até agora, pensava que a amizade tinha terminado porque você tinha notado que ela me paquerava. Mas você estava mais preocupada com outras coisas... Talvez com seus amantes!
— Não tive amantes, já disse!
— Teve pelo menos o Lucas, e nem adianta mudar sua versão novamente! Tem ainda outros dois...
— Não tem outros dois! Foi o Lucas, e só o Lucas!
— E só? Acha pouco?
Ela chora. Tenta dizer alguma coisa, mas não consegue. O silêncio persiste por algum tempo, até que ele diz algo:
— Como acha que me senti quando soube que você transou com o Lucas?
Ela tenta se defender:
— Foi vingança! Vingança! Você mesmo disse que sabia que eu nunca tinha sentido nada por ele! Você disse isso, eu ouvi bem! Eu te traí por culpa da Cláudia!
— E os outros dois?
— Não tem outros dois! Era mentira!
— Admitamos que não haja. O Lucas transou com você! Isso você não pode negar!
— Já disse que foi vingança!
— Vingança do quê?

— Da minha própria idiotice, confesso! — Ela se ergue e tenta abraçá-lo, mas ele se desvencilha:
— Bom, isso agora não importa mais...
— Nunca importou, não é verdade? Você nem transa mais comigo! Nem me deseja mais, por que sentiria ciúmes de mim com o Lucas, ou com qualquer outro homem?

Ele respira fundo. Também chorando, ele diz:
— Não é verdade que eu não a desejo, sua cretina! Infelizmente, eu sinto tesão por você ainda! Como gostaria de não sentir nada, nem tesão, mas sinto, sinto até mais do que isso!
— Então por que não transamos mais?
— Porque tenho mais nojo de você do que tesão!
— Nojo?
— Sim, nojo! Sua cínica, desde que soube que você transou com o Lucas, prometi duas coisas para mim mesmo: que nos separaríamos e que, antes disso, viveríamos juntos por algum tempo, sem sexo! Eu decidi também que nunca mais transaríamos, você entendeu?! Até nossa separação, que enfim chegou, viveríamos um casamento sem sexo! Eis a minha vingança pela sua traição!
— Você deveria ter me dito isto...
— Você deveria ter me dito sobre a Cláudia! Isto evitaria o Lucas e todo o resto. Agora, tudo são favas contadas.
— Me desculpa! Me desculpa!
— Para quê?
— Para salvar nosso casamento!
— Para salvar uma mentira?
— Quem disse que é uma mentira? Eu te amo!
— Você disse agora há pouco que o nosso casamento sempre foi uma mentira. Ou já se esqueceu disso também?

Ele tenta partir. Ela corre e o abraça pelas costas. Ele para, sem saber por quê. Ela respira fundo e pede:
– Por favor, olha para mim!
Ele se vira, mas se afasta dela.
– O que você quer?
– Tenho direito a uma última palavra?
– Você acaba de gastá-la.
– Não, me escute, por favor!
– O que é que estou fazendo?
Nunca, em toda a vida, ela foi boa com palavras. Esta é provavelmente sua última oportunidade para tentar.
Olhos nos olhos, ela diz:
– Eu te amo muito!
– E daí?! Mesmo sendo verdade, você me traiu!
– E você? E você? Pode até não ter me traído com a Cláudia, mas não ficou todo esse tempo sem transar com outra, aposto! Não é verdade?
– Por que isto importaria neste momento?
– Importa muito!
– Por quê?
– Ora, já disse. Porque só amo você! Acima de tudo, amo muito você, seu cretino!
– Repito: se me ama tanto, por que teve três amantes? Negue agora, me olhando nos olhos!
Ela suspirou fundo. Ficaram quietos por um tempo, até que ela respondeu:
– Uma mentira que resistiu a tantos ressentimentos, uma mentira que sobreviveu dez anos contra tudo e contra todos, uma mentira que foi alvejada por tantas outras mentiras, uma mentira que, mesmo nos martirizando, nos anima a sustentá-la viva. Isso tem um motivo! Tem um

motivo! Reconheça que há uma verdade que sofre no coração da farsa que é a nossa vida conjugal. Não há nada mais genuíno do que esse sentimento! Não temos o direito de destruí-lo e, mesmo que tentemos, nunca conseguiríamos nos livrar dele!

Eles se olham em silêncio. Choram. Depois de um tempo, ele se vira para partir. Vai até a porta e a abre.

No entanto, ele ouve o pranto dela já no canto do quarto e para. De súbito, dá meia volta, se aproxima da esposa e a puxa.

Os dois se beijam.

CAPÍTULO 3

EM BUSCA DO TEMPO PERDIDO

"PARA QUEM AMA, NÃO SERÁ A AUSÊNCIA A MAIS CERTA, A MAIS EFICAZ, A MAIS INTENSA, A MAIS INDESTRUTÍVEL, A MAIS FIEL DAS PRESENÇAS?"
MARCEL PROUST

Não havia nenhum resquício de fúria naquele desprezo. Ao contrário, ela o recebia em sua casa com uma indiferença plácida, polida, serena ao ponto da crueldade. Sem prévio aviso, ele foi até ali preparado para confrontar um ressentimento tenaz. Entretanto, não o encontrou. Surpreso, não sabia como derrotar aquela violenta ausência de hostilidade.

– Você está sendo rude comigo – disse ele.

– Rude? Por quê?

– Me humilhei, pedi o seu perdão, fui sincero como nunca antes em minha vida! E você age como se nada tivesse acontecido...

– Como você gostaria que eu agisse?

– Ora, pedi perdão! Pedi perdão! Por que você não o aceita, e continua me desprezando?

– Não estou desprezando ninguém – disse ela, enfatizando cada palavra. – Quantas vezes precisarei repetir que você não precisa pedir perdão? Retribuí a sua sinceridade com a minha sinceridade. É verdade, não tenho mágoas, de forma que você não precisa se humilhar insistindo em pedir desculpas.

– Não acredito na sua sinceridade! Se não está magoada, é porque você tem ou gosta de outro. Confessa! É por isso que não quer voltar para mim?
– Também já respondi. Não, atualmente não tenho outro e não estou apaixonada por ninguém. Mas não descarto a possibilidade. Se acontecer, se me aparecer alguém interessante, ótimo! Caso contrário, continuarei minha vida normalmente cuidando do meu filho, como tem sido nos últimos anos.
– Nosso filho! Nosso filho! Não nega isso!
Ela suspirou, demonstrando a primeira faísca de impaciência:
– Não estou negando. Nunca neguei. Sei que ele é seu filho também. Você é que se esqueceu disso por todos esses anos. – Ao dizer isto, ela fez uma breve pausa, lembrando-se do dia em que ele a abandonou. Depois, pousou os olhos nele novamente, prosseguindo: – Mas tudo é passado, e não pretendo remoer mágoas sepultadas.
– Eu errei! Errei! Não deveria ter te abandonado. Sei lá, tivemos nosso filho antes do que tínhamos planejado, e isso me assustou. Por isso é que agi de forma inconsequente. Confesso, fui estúpido, segui um impulso da imaturidade! Foi uma paixão tola! Eu estava cego, fui irresponsável e egoísta! Mas aprendi com meus erros. Estou arrependido, muito arrependido! Fui um imbecil! Todos sabem que um homem amadurece com os próprios erros. Hoje, sou outro e estou pronto para ser seu marido e pai do nosso filho novamente! Você me dá essa chance?
Ela reprimiu um sorriso, passando a mão pela boca. Então, inspirou profundamente, olhando para cima, e expirou como se estivesse se acalmando.

– Por que daria? O que houve com você? Foi abandonado pela amante e acha que voltando com o rabinho entre as pernas para casa vai resolver seus problemas? Ah, me poupe! Essa conversa está começando a me aborrecer!
– Certo, não te aborrecerei com minhas explicações. Bola para a frente. Agora, se você está sendo sincera, se está sozinha, o que nos impede de tentar novamente? Recomeçar a nossa vida de onde paramos?
– Não, isso não é possível – disse ela, balançando a cabeça. – Tudo vai continuar como estava antes dessa conversa sem sentido.
– Por quê?
– Ora, porque... Não sei... Você ficará satisfeito se eu te der uma resposta? Porque eu vou dar. Tudo vai continuar como está porque prefiro assim! Pronto, espero que agora você tenha entendido.
– Isso não é justificativa!
– E eu preciso me justificar, por acaso? Você se justificou quando saiu de casa?
– Eu sabia que havia uma mágoa nos separando! Agora, ela ficou clara nas suas palavras!
– Não, não tem mágoa nenhuma.
– Como não tem?! Como não tem?! Você jogou na minha cara que eu também não me justifiquei quando fui embora! Você se traiu com suas próprias palavras! Você ainda está magoada, e por isto reluta em me aceitar de volta! Você ainda me ama tanto quanto antes, tenho certeza disso agora!
– Não, não é nada disso – ela dirigiu o olhar para baixo, balançando a cabeça, olhando para o chão como se procurasse as próximas palavras. – Quando eu disse que não precisava me justificar assim como você não se justificou,

eu estava te mostrando como não te devo satisfações!
— Mas eu te devo satisfações! Confesso! E não acredito em você! Você mesma não acredita nas suas palavras! Não é possível que não tenha ficado magoada! Você me amava, sabemos disso! Sei que te abandonei com nosso filho de dois anos! Isso justifica toda essa sua mágoa! Esqueça o passado, esqueça a mágoa! Vamos ser felizes novamente!
— Se isso te satisfaz, sim, fiquei magoada! — ela falou, e em seguida se calou, para se conter. Depois, prosseguiu:
— Não nego isso! Era impossível não ficar.
— Eu sabia, eu sabia! Você ficou magoada e continua magoada! É por isso que não acredita em mim! Por isso você ainda reluta! — disse ele, aflito pela resposta dela.
— Não, não é por isso. Já estive, mas não estou mais magoada. Viver longe de você tornou-se um hábito. Um hábito saudável, diga-se de passagem, que pretendo conservar — foi o que ela respondeu, com um sorriso árido e uma sinceridade impiedosa.

Sim, de fato, no início ela sentiu intensamente a frustração, a melancolia e o ódio que a mágoa injetou em sua corrente sentimental. Assim foi por um bom tempo e, como a dor era grande, ela se sentia incomodada desde que acordava até o último momento de vigília. No entanto, a vida seguiu o seu curso. Com o passar dos anos, até as mágoas se cansam e se tornam as raízes mortas de uma lembrança soterrada por outras preocupações. O tempo é um verme que corrói qualquer ausência. A mulher tinha se acostumado ao abandono do ex-marido e não queria bagunçar a estabilidade que tinha conseguido vivendo só com o filho.

Ele, por sua vez, sofreu um duro golpe no seu orgulho

desordenado, embora soubesse, desde o início, que não seria fácil e que não bastaria um encontro para convencer a ex-esposa a perdoá-lo pela traição e por abandoná-la sozinha com uma criança. No entanto, o homem era um ególatra desenfreado, alguém que pensava que o mundo deveria sempre se ajoelhar aos seus caprichos. Tinha a convicção de que devia ser perdoado e de que tudo devia voltar a ser como antes, como se nada tivesse acontecido. Ele retomaria o seu lugar na família e todos deveriam ignorar o hiato conjugal. Porém, estava ali, face a face, conversando com a ex-mulher havia mais de uma hora, e estava longe da convicção de tê-la comovido. Não percebera nenhuma felicidade e nenhum incômodo que pudesse ser aproveitado a favor de seu propósito. Por um momento, experimentou uma hesitação indignada e pensou em partir. Porém, desistiu. Resolveu tentar uma última investida por um flanco que lhe pareceu mais vulnerável:

– Você não quer o melhor para o nosso filho? Ele sente a minha falta, tenho certeza!

– Se esse for o problema, se você quiser, podemos pensar com calma num acordo de visitação. Se deseja sinceramente ser agora o pai que não foi nos últimos cinco anos, podemos conversar sobre isso outro dia. Hoje, estou cansada.

– Não, você não me entendeu. Filhos de pais separados sofrem! Olhe, pode ser difícil acreditar no que vou dizer, mas dia após dia eu senti o arrependimento por ter me afastado do meu filho. Sempre me lembro dele, e essa lembrança aumenta cada vez mais o meu sentimento de culpa! Olha, esquece o que aconteceu, por favor, se não por mim nem por você, pelo nosso filho! Uma criança precisa dos pais juntos no mesmo lar para crescer de forma saudável.

– Por que você não pensou nisso quando fugiu com sua amante sem ligar para o nosso filho?
– Ora, já disse que errei! Eu tinha vergonha do meu erro, e por isto me afastei também do nosso filho. Mas eu te amo, te amo muito! E amo demais o nosso filho e, acima de tudo, é pelo bem dele que digo que mereço uma nova oportunidade!
– Merecimento?! Você sequer merecia ser recebido aqui hoje!
– Sim, você está certa. Eu não mereço! Sim, reconheço que, se eu fosse você, talvez não me perdoasse. Mas há algo maior do que o nosso orgulho que devemos considerar. Isso é mais importante que tudo. É o nosso filho. Ele já sofreu muito na minha ausência. Quero me empenhar para corrigir o mal que fiz, e sinto que só vou poder consertar tudo se voltarmos a viver juntos...
Ela forçou uma gargalhada antes de continuar:
– Sei que você deve ter ensaiado muito o que queria me dizer. Sinto muito, foi em vão. A verdade é inflexível. Nada do que você me diga vai me convencer de que será vantajoso para mim voltar a viver com alguém que pode ir embora de repente, com um rabo de saia qualquer. Não, não posso me submeter a esse risco de novo. Meu filho também não merece ser abandonado duas vezes por um pai que não o ama. Não vou permitir que ele sinta a sua falta mais uma vez. Não adianta, não vou te dar a oportunidade de nos decepcionar de novo!
– Agora está confessado o seu receio. Eu já sabia, é óbvio demais. Você teme que eu faça o mesmo que fiz há cinco anos. Não vou fazer. Sou um homem diferente e não vou cometer o mesmo erro duas vezes! Não estaria aqui hoje

implorando humildemente a minha família de volta se realmente não quisesse isso!
— Palavras, palavras, palavras... Se você estivesse no meu lugar, acreditaria no que promete, tendo feito o que fez comigo?
— Sem dúvida, olhando nos meus olhos, eu acreditaria em mim!

Ela o olhou com desdém:
— Que pergunta idiota a minha! Você sempre foi muito cínico! Não sei nem por que perguntei.
— Perdoa, por favor, o que eu fiz. Lembra de como eu te amava quando nos conhecemos! Esse amor renasceu mais forte do que nunca! Pensa no que ele pode fazer para consertar um erro indesculpável! Nossa família merece uma sorte melhor! Juntos, podemos superar o trauma que eu causei!
— Chega, estou cansada! Quero dormir! Vai embora, não quero mais te ouvir!
— Está bem, está bem! Por hoje, basta! Nem preciso te avisar que vou insistir ainda outro dia. Você sabe como eu sou teimoso — ele fez uma breve pausa para avaliar o impacto de suas palavras. A testa dela estava franzida. Depois, ele arrematou: — Mas, antes de eu ir, me deixa ver meu filho!
— Ele está dormindo, você sabe!
— Eu não o vejo há cinco anos!
— Por escolha sua!
— Por favor! Quero apenas vê-lo!

Ela cruzou os braços, olhando gravemente para ele, que permaneceu ali com o olhar suplicante. Após quase um minuto, ela respondeu:
— Está bem, está bem! Mas não o acorde! Não vou acen-

der a luz do quarto. Você pode vê-lo dormindo com a luz do corredor.

E foram ambos ao quarto. Por dois minutos, ele viu o filho dormindo, com a porta do quarto aberta, deixando penetrar a luz do corredor. Ele pôde encostar a mão na cabeça do filho, que dormia sem saber que a sua vida poderia mudar radicalmente em breve.

Depois, ela fez um sinal pedindo que o ex-marido saísse. Ele relutou um pouco, fez menção de beijar o filho, mas a mãe não deixou, gesticulando de forma incisiva para que ele deixasse o menino.

Quando se dirigia para a porta do apartamento, o homem parou de súbito. Olhou para a ex-mulher com autoridade, e falou como se estivesse dando uma ordem:

– O matrimônio é sagrado, e dura até que a morte nos separe. Você se recorda de ter ouvido isso na igreja? Precisamos ser tolerantes no casamento, as pessoas não são perfeitas! Todos têm o direito de errar ao menos uma vez. Eu tenho o direito de ter cometido um erro, ainda que seja um erro grave!

– Pode ser – ela respondeu. Em seguida, fez uma pausa, enquanto nascia em seus lábios um sorriso que borrifava ironia. – Agora, cabe a você procurar alguém com o dever de perdoá-lo – finalizou, apontando para ele a direção da porta.

Depois disso, despediram-se secamente. *Não volte aqui, nem me procure. Não quero vê-lo de novo*, foram as últimas palavras dela. *Você sabe que vou voltar...* ele retrucou, saindo dali animado por um entusiasmo paciente. Apesar da frieza manifesta, estava claro que o tempo amansara o ódio que ela nutria pelo abandono. E ele percebera também que, debaixo daquele excesso de resignação, havia uma rebelião muda, uma expectativa aflita, uma esperança impaciente por uma reviravolta. Ela não sabia como sair da órbita da infelicidade, da sensação de incompletude, e por isso torcia passivamente para que o destino de súbito retirasse da manga do colete uma surpresa redentora.

– Vou ter que ter calma. Uma situação como essa não se resolve da noite para o dia. Com o tempo e com tato, tudo vai voltar a ser como antes – foi o que ele disse para si mesmo após ligar o carro, encorajado por uma esperança remota.

PARTE II
CONTOS SATÍRICOS

"SE NOS VENDEMOS TÃO BARATOS,
POR QUE NOS AVALIAMOS TÃO CAROS?"
PADRE ANTÔNIO VIEIRA

CAPÍTULO 4
O VIDENTE

"... TALVEZ TE ESMAGUE UMA FELICIDADE IMENSA E ILIMITADA. CARREGA-SE MENOS FACILMENTE A EXTREMA ALEGRIA DO QUE O MAIS PESADO DESGOSTO."
BALZAC

"O teu marido tem outra... vejo nas cartas.
– O quê? Não pode ser! Veja novamente...
O vidente baixou mais uma carta. Olhou para a mesa, respirou profundamente e prosseguiu:
– Não há dúvidas... ele realmente tem outra. As cartas não mentem, jamais.
A mulher balançou a cabeça negativamente:
– Não pode ser! Não pode ser! Com aquele ar de santinho? Canalha! Canalha! Ah, se for verdade... se ele tiver outra, ponho um belo par de chifres naquele santo do pau oco!
O vidente arregalou os olhos e, sem levantar a cabeça, espichou os olhos discretamente para o decote da mulher, depois para o seu rostinho inconformado. Animou-se. Pensou um pouco. Então, modulou a voz para um tom que fosse meloso, porém convicto, e fez a proposta que reservava para *as clientes especiais*:
– Mago Iago nunca erra! Aqui é satisfação garantida ou o seu dinheiro de volta! Se o teu marido não tiver uma amante, volte aqui que devolvo o dinheiro da consulta!
O desespero da mulher aumentou. Ela cerrou as mãos e os olhos, depois mordiscou os dedos da mão esquerda. Pas-

sados alguns instantes, reabriu os olhos e olhou na direção das cartas na mesa. Então, mirou para cima, à esquerda, recapitulou mentalmente o pequeno círculo social do marido, quais mulheres ele conhecia, quais eram atraentes... tentou argumentar:

— Como vou descobrir se o Godofredo tem uma amante?! No trabalho, sei que não. Fui eu que indiquei a secretária dele. Amiga da minha tia, me pegou no colo. Confio de olhos fechados! Ela sempre me disse que o Godofredo é fiel. Se tivesse rabo de saia lá, eu saberia. Amigas ele não tem. Só as minhas, e nunca percebi nada suspeito... Vizinhas, não pode ser... Não tem nenhum casal da nossa idade no prédio... Temos poucos vizinhos... Só idosos, um solteirão e um casal de rapazes... Ele mal sai de casa, só vai à missa comigo e as crianças e na padaria... Onde foi que o Godofredo conseguiu uma amante? Ele nem sabe paquerar... Se não fosse por mim, estaria solteiro até hoje!

— Cuidado com os sonsos. São os mais perigosos...

A mulher respirou fundo.

— Godofredo tem amante? Como saber? Agora, tenho que descobrir a verdade! Não conseguirei viver com essa minhoca na cabeça! Mas o que fazer? Nunca suspeitei dele... Se tiver uma amante, esconde muito bem...

O vidente fez um ar pensativo, para então dizer:

— Espere um pouco.

Ele foi para outra sala. Voltou com um papel na mão, onde estavam escritos um nome e um telefone.

— Tome aqui. Detetive de confiança. Esse é bom! Não deixa escapar nada. Coloque na cola do seu marido por uma semana e você saberá a verdade... E repito: *mago Iago nunca erra! Aqui é satisfação garantida ou o seu dinheiro de volta!*

A mulher olhou para o papel, apreensiva. Meditou um pouco mais: *se ele devolve o dinheiro, certamente a coisa é séria*. Aproveitando-se da ocasião, o vidente colocou a mão em cima da dela e arrematou:

– Sei que é difícil de aceitar... Vamos parar por hoje. Não consegui ver nas cartas onde foi que ele a arrumou, mas que a dona existe, existe! Ligue para o detetive e, quando ele descobrir quem é, passe aqui de novo. Percebi que essa mulher está jogando muito olho gordo em você. Precisaremos trabalhar nisso outro dia, quando soubermos quem ela é... Fique tranquila, porque, como é continuação deste trabalho, a próxima consulta já está paga.

Os dois se despediram. O mago fechou a porta e foi logo ligar para o Armandinho:

– Armandinho! Escuta aqui, malandro! Indiquei seus serviços para uma dona aí. Ela deve te ligar logo. Quero que você dê prioridade para esse caso! Prioridade! Descubra quem é a amante do marido dela o quanto antes!

– Como você sabe que o marido tem uma amante?

– Ora, Armandinho, estando casado há dez anos, qual homem não tem? Nem santo aguenta tanta monotonia... Você já seguiu algum que não tivesse?

– Verdade! É muito raro não ter... Mas acontece, às vezes...

– Pois é! Este aí tem outra! Tem que ter! Se não tiver, dê um jeito, Armandinho, entendeu?! Se necessário, dê um jeito de arrumar uma amante para ele! Fui claro?

– Sim, sim. Muito claro! Vou descobrir com quem ele anda pulando a cerca...

– Outra coisa: você pode cobrar à vontade, mas nem pense em paquerar essa dona! Caso contrário, já sabe, né? A coisa não vai ficar boa para o seu lado...

Armandinho engoliu seco.
– Fica tranquilo, irmão! Pode contar comigo!
– Então, a missão é: descubra, sem falhar, quem é a amante desse cafajeste! Ou o amante, quem sabe...
– Sem problemas!

Já em casa, a mulher remexeu todas as coisas do Godofredo. O armário dele, as gavetas, nada ficava trancado... No entanto, por mais que buscasse, não encontrou nenhum sinal, nenhuma pista...

No horário de sempre, o marido chegou. Ela ainda vasculhava as coisas dele e foi surpreendida, pois sequer tinha olhado no relógio desde que tinha começado a xeretar. Mas ele não percebeu. Quando a viu, preparou os lábios para receber a bitoquinha de costume. Em vez disso, ela foi na direção dele e, sem dizer nada, começou a cheirá-lo. Puxou a gola da camisa em volta do pescoço e deu uma boa olhada nela. Surpreso, Godofredo perguntou:

– O que houve?!
– Nada, nada... É que enjoei do cheiro desse perfume... Aliás, prefiro o seu cheiro natural... Você poderia parar de usar perfume...
– Por que você puxou a gola da minha camisa?
– Porque... bom, é que... como dizer... sabe o que é? Tive uma ideia boa. Quando olhei para a sua camisa, pensei se não seria melhor lavar suas roupas em casa. A lavanderia não está fazendo um bom trabalho... Posso fazer *beeem* melhor e a gente ainda economiza algum dinheiro!
– Você não vai ficar sobrecarregada, não?
– Claro que não! Você sabe que gosto de tarefas domésticas... Godofredo, me lembrei de que tenho que fazer uma ligação urgente para mamãe... Me empreste o seu celular?

O meu está sem bateria...
— Por que você não liga do fixo?
— Está com muito chiado... você tem que mandar consertar isto!
— Não sabia. Vou pedir para consertarem.

Godofredo entregou o celular para a esposa. Ela o pegou e, sem falar nada, foi para o quarto, trancando a porta. *É conversa particular. Coisa de mulher, nem bata na porta!* — gritou lá de dentro, já vasculhando as últimas ligações, redes sociais... Procurou, procurou, ficou xeretando por um bom tempo... e não encontrou nada sequer remotamente comprometedor. Porém, continuava intrigada.

A mulher passou a noite no computador.
— Godofredo, meu e-mail não está funcionando. Será que você poderia me dar a senha do seu, para eu enviar algumas mensagens?
— Claro, querida. Vou passar.
— Ah, preciso entrar no seu perfil do Facebook. Li numa revista que há um vírus perigosíssimo, que faz com que você envie, sem querer, mensagens pornográficas para todos os seus contatos. Sei como ver se o seu perfil foi infectado e posso tirar o vírus. Você me passa a senha? Ah, e do LinkedIn também! Nunca se sabe, não é?
— Sem problemas, meu amor — disse Godofredo, já com sono. Passou um papel com todas as informações que ela pediu e foi dormir.

Ela mexeu, procurou, revistou, tanto o e-mail como as redes sociais do marido... *O desgraçado sabe esconder as coisas direitinho.* Na internet também não tinha nada que levantasse suspeitas.

Na manhã seguinte, a esposa ligou para o detetive e

marcou horário para comparecer ao escritório dele no mesmo dia. Causaram-lhe má impressão tanto o sofá furado da recepção como a secretária vestida em trajes impróprios e as pinturas de mulheres nuas. Depois de algum tempo na recepção, foi chamada, num grito de *Entre!*, por um homem de paletó, sem gravata, camisa social colorida e calça que não combinava em nada com o resto do que ele vestia. A mulher foi até a porta da sala. Quando ele a viu, levantou-se subitamente e passou os olhos por ela, de cima a baixo. Depois, pigarreou e, puxando a cadeira que ficava em frente à sua mesa, disse:
– Foi o mago Iago que me indicou? Prazer, meu nome é Armando. Pode entrar, por favor!
Ela se acomodou na cadeira oferecida.
– Pois é, doutor Armando... quer dizer, posso chamá-lo de doutor?
– Claro, sem dúvida! Sou bacharel, formado em Direito – disse, apontando para um quadro com o seu diploma de faculdade.
– Depois que me despedi do mago Iago, procurei algumas pistas em casa, como comentei ao telefone. Fui dormir um pouco mais tranquila depois que não achei pista alguma. Quase desisti de vir aqui. Mas hoje de manhã pensei melhor. Se o Godofredo estava tão tranquilo, se me emprestou o celular, me passou as senhas do e-mail e das redes sociais com tanta facilidade, sem pestanejar, é porque alguma coisa tem! Está estranho! Ele certamente tem uma amante! Ele é sonso demais! Só pode estar posando de santinho para não levantar suspeitas! Enfim, estou convencida de que Godofredo tem uma amante e esconde isso muito bem! Mas preciso de provas! Provas! Ah, quando eu souber

quem ela é! Ele vai ver só o que eu vou fazer!
— Pois é, dona. Nos meus longos anos de profissão, conheci vários desse naipe. São os mais perigosos! E dão trabalho, muito trabalho! Precisarei de dedicação integral! E todas as informações dele: onde trabalha, onde faz academia, quais bares frequenta... Será um trabalho difícil e minucioso! Sabe como é, considerando isso tudo, vai sair um pouquinho caro...
— Pago o que for necessário, doutor Armando! Mas quero prioridade! Prioridade total! Preciso de uma resposta em duas semanas! Nem um dia a mais do que isso!
— Bom, se é assim, dedicação exclusiva, vai ficar mais caro...

A mulher se assustou com a proposta do detetive. Por um momento, quase desistiu de contratá-lo. No entanto, pensou no marido, na amante, nos beijos trocados entre os dois cretinos, nas juras de amor... Respirou fundo, tomou coragem e afirmou, decidida:
— O senhor está contratado! Duas semanas, hein?! Nem um dia a mais!
— Ok, ok. Pagamento à vista, como já disse. Despesas à parte, e nem todas têm recibo. Sabe como é, né? Na minha profissão, às vezes precisamos fazer um *agrado* aqui, outro ali... É assim que as coisas funcionam...
— Certo... Você tinha me explicado esse ponto...
— Preciso de foto do malandro do seu marido, preciso saber a que horas ele sai de casa, onde trabalha, se há alguma mulher de que você suspeite particularmente etc. Ah, e no final de semana não trabalho. Fica por sua conta vigiá-lo de sábado e domingo. A não ser que pague um extra...
Ela passou todas as informações. Não quis contratá-lo

para os dois finais de semana. As mãos tremiam na hora de assinar o cheque. *Vou ter que pedir mais algum dinheiro para o Godofredo. Caso contrário, o cheque vai voltar.* Depois de tudo contratado, o detetive deu um forte abraço na mulher, três beijinhos no rosto, dois gracejos, e ainda a deteve pela mão por algum tempo, jogando conversa fora. Quando ela falou do mago Iago, ele subitamente lembrou--se de algo, soltou a mão dela e enfim a deixou partir.

No dia seguinte, cedinho, Armandinho estacionou o carro perto da casa de Godofredo. Viu quando ele saiu de casa rumo ao trabalho. Seguiu-o no trajeto. Godofredo parou num estacionamento perto do prédio onde ficava o escritório. Armandinho também conseguiu estacionar ali. Seguiu Godofredo, a dez metros de distância.

No caminho para o trabalho, três mulheres bonitas, uma delas de parar o trânsito. *Esse desgraçado não solta gracejo para mulher nenhuma. Nem olha! Isso não está me cheirando bem!* Armandinho seguiu Godofredo até a porta do prédio onde ele trabalhava, sem nenhuma pista que o ajudasse.

O detetive parou na porta do prédio. Olhou para a portaria. Viu o porteiro, com jeito bonachão. Depois de dez minutos ali parado, descobriu que o porteiro era flamenguista. Pensou um pouco. Entrou como se quisesse pedir uma informação, tagarelou, tagarelou e mudou o rumo da conversa, passando a falar do Flamengo. *Este ano seremos campeões da Libertadores!* Os dois se empolgaram na conversa. Conversavam já sobre outros assuntos, como se fossem íntimos. O porteiro não desconfiava de nada. Depois de um tempo, Armandinho arriscou:

– Zé, me diz uma coisa. O que você acha desse Godofredo?

– O que trabalha no sétimo andar? O senhor conhece ele?
– Sim. Conhecido meu de infância, porém faz um tempo que não nos vemos...
– Muito calado, mas gente fina!
– Ele era safado quando era adolescente... Pegava cada mulherão! Deve ter um monte de mulher atrás dele, não tem não?
– O doutor Godofredo? Mulherengo? Só se foi muito tempo atrás! Hoje, ele é um tremendo carola. Nunca vi ele com mulher alguma que não fosse a esposa. Aliás, o senhor já viu a esposa? Que pedaço de mau caminho!
– Jura? Então o Godofredo mudou muito. Será que virou *gay*?
– Só se for enrustido! – disse o porteiro, dando uma gargalhada maliciosa. Arrependeu-se rapidamente da insinuação e se recompôs, mudando o rumo do que queria dizer:
– Não, nada disso! O doutor Godofredo é homem religioso. Se eu acreditasse em máquina do tempo, diria que ele viajou no tempo, vindo de cem anos atrás para hoje. Por este aí, ponho a mão no fogo! Tem a mulher e só. E olha que não é pouco, doutor! Se o senhor visse... O doutor Godofredo é um cara de sorte!

Armandinho não gostou do que ouviu. Estava perdendo a paciência.

– Olha só, tenho informação segura de que o Godofredo tem um rabo de saia. Quem é?

O porteiro estranhou.

– Doutor, sinto muito, não te conheço, mas conheço bem o doutor Godofredo. É homem sério! Não tem mulher nenhuma a não ser a esposa. Agora, mesmo que tivesse, eu não te diria nada. Sou porteiro daqui, e não um fofoqueiro desocupado! Tenho que trabalhar... Se o senhor me dá licença, gostaria de pedir para se retirar, ou se identificar, dizendo para onde vai no prédio... Interfono para o local. Se autorizarem a sua subida, sem problemas!

Armandinho se irritou. Puxou uma carteira com um brasão da República e a exibiu rapidamente, para em seguida devolvê-la ao bolso. Disse com autoridade:

— Olha aqui, malandro! Polícia Federal! Vamos parar de conversinha mole... acabou a brincadeira! Ou você coopera ou chamo um carro para prendê-lo em flagrante, por depoimento falso e formação de quadrilha!

— Ai, meu Deus, doutor! Por favor, não faz isso comigo não! Eu coopero, juro que coopero!

— Pois é, vamos direto ao ponto! O Godofredo está envolvido com uma perigosa máfia internacional. Você sabia disso?

— O doutor Godofredo? Mafioso? Aquele ar calado... sempre desconfiei!

— Essa é a verdade! Godofredo é um mafioso. Mas fique tranquilo, que a sua segurança está garantida pela Polícia Federal! Há agentes à paisana que vão protegê-lo caso ele o ameace. Vamos continuar. O contato do Godofredo é uma mulher, que é também sua amante. Como ela é?

— Uma mulher? Doutor, só se for a esposa dele...

— Não é ela! Certamente não! Já a investigamos. Ela já foi avisada da nossa investigação e está cooperando. Pois bem, a esposa do Godofredo garantiu que ele tem uma amante, e temos informantes que dizem que a tal amante também é da máfia. Precisamos descobrir quem ela é. Me diga, quem é a amante do Godofredo?

O porteiro suava, apesar de não fazer calor naquele dia.

Pensou, pensou, pensou. Não tinha nenhum rabo de saia para delatar. Depois de algum tempo, disse, gaguejando:
– Doutor, eu juro que não sei de nada! Se soubesse, já teria dito! Sou pai de família, com três filhos para cuidar! Tem pena de mim, doutor! Acredita em mim! O doutor Godofredo é esperto! Se ele tem uma amante, ela nunca veio até aqui... pelo menos, nunca vi!
Armandinho coçou o queixo.
– Huuum! Sei! Vou te dar um crédito, hein? Mas fica de olho! Vou vigiar o Godofredo nos próximos dias. Vou estar por aqui! Se você descobrir alguma coisa, me avisa! Vou ficar vigiando perto da portaria.
– Pode deixar, doutor! Pode deixar! Se eu souber de algo, procuro o doutor!

Armandinho saiu do prédio e ficou na portaria esperando o Godofredo sair para almoçar. Engraçou-se com uma mulher, que passava na rua e caiu na sua conversa. Quase perdeu Godofredo indo para o restaurante. Despediu-se rapidamente da dona (não sem antes pedir o telefone dela, dando-lhe dois beijinhos no rosto). Correu atrás do Godofredo. Conseguiu almoçar numa mesa próxima à mesa dele. Nada suspeito.

Na volta, Godofredo não parecia ir na direção do prédio onde trabalhava. *Opa, aí tem!*, pensou o detetive. Mas Godofredo entrou numa igreja. Ali, rezou contritamente por um bom tempo. Armandinho também entrou na igreja e ficou só observando. *Tanta reza assim, é porque tem muito pecado pesando na consciência.*

Porém, da igreja para o trabalho, do trabalho para casa, nada suspeito. Na portaria do prédio onde Godofredo trabalhava, Armando ainda olhou para o porteiro, que, amedrontado, fez sinal com a cabeça, dando a entender que não tinha nenhuma novidade.

No fim do dia, a esposa de Godofredo ligou para o celular do detetive. *E aí, descobriu a sirigaita?* Armandinho disse que não, mas que estava perto disso, que agora ele *tinha certeza de que ele tinha uma amante!* Logo, logo, ela teria nas mãos as provas da traição do marido.

Mas que nada! O maldito Godofredo não dava sinais de ter amante alguma! Dia após dia, Armandinho seguia Godofredo de casa para o trabalho, do trabalho para o restaurante, do restaurante para a igreja, da igreja para o trabalho, do trabalho para casa. Nada! Godofredo nem olhava para o lado. O porteiro, que passou a temer Godofredo e Armandinho, aflito para descobrir algo, sempre fazia sinal de negativo quando o detetive olhava para ele da portaria, indicando que não tinha novidades. E nasceu um burburinho no prédio onde Godofredo trabalhava. Os outros funcionários do edifício o olhavam com medo. Outras pessoas que trabalhavam lá também tentavam evitá-lo, saindo do elevador quando ele entrava.

E, ao final de cada jornada, a esposa sempre ligava para o detetive, esperando *saber a verdade sobre Godofredo.* Armandinho garantia:

– Tem amante! É certo! Amanhã terei as provas! Ele é o canalha mais esperto que já encontrei, mas não vai me enganar!

E se aproximava o final das duas semanas. Um dia, Armandinho resolveu rezar junto com Godofredo, pedindo para descobrir quem era a amante. *Meu Deus, minha honra profissional está em jogo! Me ajude!* Eis que, nesse dia, algo diferente aconteceu. Godofredo estava numa fila para confissão. O padre o chamou. Godofredo foi se confessar! Armandinho farejou uma oportunidade! Pediu para uma senhora que estava na fila para a confissão para entrar na frente dela, *pois os pecados dele eram muito mais graves que os dela*. A senhora consentiu. Godofredo saiu da confissão. O detetive foi conversar com o padre.

– Padre, este homem que o senhor acabou de perdoar... eu o conheço... é Godofredo o nome dele! O desgraçado está tendo um caso com a minha esposa. Ele te confessou isso? Sei que ele trai a mulher com outras além da minha esposa. Quem são, padre? O senhor sabe? Preciso saber, padre, preciso saber! Minha esposa está apaixonada por ele e precisa ver que ele é um canalha como os outros homens! Só assim o meu casamento vai ser salvo, padre. Só assim! Padre, me ajude! Tenho que salvar o meu casamento!

Incomodado, o padre respondeu:

– Filho, a confissão aqui é sua, não de outro homem. Se você está com problemas no casamento, posso rezar por ele, posso conversar com você e com a sua esposa, caso você a traga aqui. Mas não posso revelar os segredos de outras confissões. Estou aqui para ouvir sua confissão, somente isso.

Armandinho insistiu, insistiu, insistiu. O padre também insistiu em iniciar a confissão, negando-se a tratar de outro assunto. No final, Armandinho despediu-se do padre, sem se confessar.

– O senhor não quer se confessar, para obter o perdão de seus pecados?

– De que adianta esse perdão, padre? Eu quero é salvar o meu casamento! Se o senhor não pode me ajudar nisso, não tenho o que fazer aqui.

E saiu.

Armandinho ainda tentou, porém acabaram as duas semanas. A mulher de Godofredo ligou para ele.

— Dona, minha conclusão é a seguinte: seu marido tem amante! Pode ficar certa disso! Meu faro de detetive não falha!

— Preciso de provas! Contratei o senhor para obtê-las!

— Provas não tenho. Ele é mais escorregadio do que um peixe! Mas pode ficar certa disto: ele tem amante!

— Quero provas!

— Bom, se quiser provas, tem que me contratar por mais uma semana. O mesmo preço dividido por dois.

— Não tenho! Quer saber? Se o senhor não tem provas, é porque o meu Godofredo é fiel. Passar bem!

E desligou o telefone.

Armandinho sentiu um alívio. Aquele trabalho já o estava aborrecendo. Pelo menos tinha ganhado um bom dinheiro. Poderia pagar algumas dívidas ou ficar algum tempo sem trabalhar. Porém, sua felicidade não durou muito. Logo tocou o telefone.

— Armandinho, você está maluco? O que foi que houve? O que foi que mandei você fazer? Está com amnésia? Falei para descobrir quem é a amante do tal do Godofredo! Por que você não descobriu?

— Ma-mas... mas eu di-disse que ele tinha uma amante... disse não, ga-garanti!

— Cadê a merda da prova, Armandinho? Cadê as provas? Sem provas, o seu trabalho não valeu porra nenhuma. Agora, a dona está querendo o dinheiro de volta... Você ficou maluco, Armandinho? Como você não descobriu a amante dele?

Armandinho suava ao telefone. Disse, com uma voz em tom decrescente.

– É porque ele não tem...
– Como não tem? Como não tem? Se não tem, a gente arruma, Armandinho! A gente arruma! Como não pensou nisso, seu idiota?
– É verdade! Mas quem pode ser a amante dele?
– Você é cego, burro ou as duas coisas? A Amandinha, sua secretária. Essa pilantrinha está me devendo uma boa grana... Já devia ter pago... Lembre-a disso... divida seus honorários com ela, me entendeu?! Ela vai me pagar com o que receber nesse trabalho, caso contrário... Enfim, mande a Amanda paquerá-lo, agarrá-lo, beijá-lo, o que for necessário! Mas tem que ter fotos, Armandinho! Tem que ter fotos para mostrar para a patroa dele!
– Certo, vou falar com a Amanda...
– Então, liga agora para a dona e conserta a besteira que você fez. Agora! Vai! Vou te dar uma segunda oportunidade... Se falhar, já sabe...
Armandinho despediu-se e desligou o telefone, ainda nervoso. Ligou imediatamente para a mulher de Godofredo.
– Tenho uma proposta que você não vai poder recusar. Tenho certeza de que seu marido tem uma amante! Em uma semana, consigo as provas! Só uma semana! E você só me paga o trabalho quando tiver as fotos dele com a sirigaita na mão! Só paga se tiver as provas na mão. Se eu não conseguir as provas, você não paga nada... Combinado?
Trato feito. No dia seguinte, na porta do prédio comercial onde o Godofredo trabalhava, na hora do almoço, estava Amandinha, deslumbrante, de minissaia, agradando (e muito) todos os homens que passavam. Quer dizer, quase todos. Godofredo deu apenas uma olhada discreta e, após alguns segundos, deu-se conta do que estava fazendo. Ime-

diatamente, virou o rosto e fez o sinal da cruz, dizendo baixinho: *Perdão, meu Deus!*
Amandinha o seguiu, com Armandinho por perto. Sentou-se perto dele no restaurante. Olhou para ele o tempo inteiro enquanto comia, fazendo charme. Godofredo fixou os olhos na comida, evitando levantar o rosto. Ele pagou a conta e, a passos rápidos, dirigiu-se à igreja, onde se confessou novamente. Amanda e Armando o esperaram na porta do prédio comercial, mas nada aconteceu naquele dia.

– Temos que mudar a estratégia. É questão de vida ou morte! – disse Armandinho.

No dia seguinte, Amanda foi vestida de forma muito elegante, bem maquiada, expondo menos o corpo. Inevitavelmente, atraiu a atenção dos homens que passavam. Armandinho estava por perto novamente, pronto para fotografar. Não seguiram Godofredo quando ele foi ao restaurante. Em vez disso, ela tentou paquerá-lo quando ele passou, sem olhá-la. Na volta de Godofredo ao edifício, ela esbarrou nele.

– Desculpa! Desculpa!

– Não tem problema. Você está bem?

– Sim, melhor agora...

– Então, ótimo. Fique com Deus! Até logo.

– Não, espere. Na verdade, não estou bem... Desde ontem, quando te vi, fiquei com uma pulga atrás da orelha... acho que te conheço de algum lugar... – disse ela, para em seguida umedecer os lábios com a língua, inclinando-se na direção de Godofredo, que se afastou imediatamente.

– Não, me desculpe. Acho que a senhorita está me confundindo com alguém – disse ele, tirando os olhos do rosto de Amanda e fazendo menção de partir.

Ela o puxou pelo braço e, delicadamente, virou o rosto dele para o seu. Perguntou:
— Tem certeza de que não se lembra de mim? Eu tenho certeza de que te conheço! Até sonhei com você hoje...
— Me desculpe, definitivamente a senhorita está me confundindo — falou Godofredo, vermelho de vergonha, desvencilhando-se de Amanda e indo em direção ao trabalho.
O porteiro do prédio viu a cena. Armandinho se aproximou dele:
— Olhe aí! Esta é outra amante dele. Não está envolvida com a máfia, mas gosta do dinheiro de Godofredo. Se alguém perguntar, pode dizer que o Godofredo tem amante!
— Quem diria, hein? Logo o doutor Godofredo! Esse homem é um garanhão! Também, com a grana que ele deve ganhar na máfia... O senhor garante que estou protegido pela Polícia Federal?
— Dia e noite! Agentes à paisana, porque este pessoal da máfia não brinca em serviço. Mas fique tranquilo!
Naquela noite, a esposa de Godofredo ligou para Armandinho.
— Você está trabalhando mesmo? Como não conseguiu ainda provas contra o Godofredo? A secretária dele me ligou, dizendo que o prédio todo já sabe que o Godofredo tem uma amante! E você? Nenhuma foto? Nada?
— Fique tranquila! Ele é muito esperto! Vou explicar o que está acontecendo. Godofredo notou a sua desconfiança e ficou muito preocupado. Por isso, tentou evitar a amante. Mas ela não se conformou e está vindo atrás dele. Por isso, o caso está vindo à tona. Se a senhora fosse mais discreta, eu já teria resolvido tudo... mas não tem problema! Fique tranquila! De amanhã não passa!

Depois, Armando falou para Amandinha:
— Amandinha, de amanhã não pode passar! Caso contrário, estamos fritos...
— Deixa comigo... fica preparado para a foto!

No dia seguinte, Amanda estava linda novamente, aguardando Godofredo retornar do almoço. Ele a tinha evitado quando a viu na saída do prédio. Armandinho se irritou. Ela olhou para ele e disse:
— Fique calmo! Se Maomé não vai à montanha, a montanha vai a Maomé! Quando ele voltar do almoço, prepare a foto!

Um pouco mais tarde, o coitado do Godofredo voltava para o escritório, olhando para o chão. Amandinha se aproximou e o chamou pelo nome. Quando ele olhou, recebeu um beijo cinematográfico. A rua inteira ficou pasmada. Ele, mais ainda. Sem saber o que fazer, ficou ali beijando a desconhecida. Quando caiu em si, tentou se afastar. Mas ela ainda conseguiu beijá-lo no pescoço e na gola da camisa. Tudo fotografado pelo celular do Armandinho e por outros transeuntes. O porteiro também viu tudo. Sucesso!

Enquanto Godofredo se encaminhava para uma loja de roupas para comprar uma camisa limpa, Armandinho se afastou do prédio dele junto com Amanda, sua secretária e cúmplice. Os dois se beijaram, eufóricos.
— Que sufoco! Enfim, conseguimos! Este cara deve ser *gay*! — disse Amanda, com o orgulho ferido.

Armando já não a escutava. Estava passando as fotografias que tinha tirado para o celular da esposa de Godofredo. Depois, ligou para ela:
— Recebeu as fotos? Ótimo! Não falei que de hoje não passaria? Você está pensando em vir ao trabalho dele? Pode

vir, que há testemunhas! Ah, os meus honorários devem ser pagos até amanhã! Não se esqueça!
    E lá foi a esposa de Godofredo vê-lo no trabalho. Passou pela recepção do prédio. Irritou-se com o risinho de alguns. Subiu para o escritório dele. A secretária abriu a porta.
    – Não me anuncie para esse canalha! Quero surpreendê-lo!
    E invadiu a sala dele. Godofredo olhou para a esposa, pálido.
    – Cretino! Canalha! Hipócrita! Fariseu! Como ousa ter uma amante?
    Godofredo estava tão pasmo que sequer negou que tivesse um caso extraconjugal. Ele mesmo acreditava que tinha um caso extraconjugal. Tentou se desculpar. Envergonhou-se quando a mulher lhe mostrou as fotografias do beijo dado na amante.
    A esposa de Godofredo não parava de falar, gesticular, reclamar, gritar. Enfim, chorou. Ele estava com medo de se aproximar dela. Mesmo assim, ousou consolá-la:
    – Não toque em mim! Nunca mais! Nunca, entendeu bem? Não quero ver você perto das crianças! Nem volte para casa! Arrume outro lugar para dormir! Vou mostrar todas essas fotos para o meu advogado! Prepare-se para guerra, Godofredo! Prepare-se!
    E saiu, chorando e batendo a porta com toda a força.
    Dali, a mulher foi diretamente para o consultório do mago Iago. Ele recebeu a ligação dela avisando que estava a caminho, e a esperava com sua melhor roupa, bastante perfumado, com incensos que tornavam a atmosfera mais aconchegante. Quando a esposa de Godofredo tocou a campainha, o mago colocou uma música romântica bem baixinha e abriu a porta.

— Eu não disse, minha querida? As cartas não mentem jamais!

A mulher estava desconsolada. O vidente aproximou-se dela e a abraçou, a pretexto de consolá-la.

— Ah, que ódio! O que faço agora?

O vidente passou a mão na cabeça dela, adocicou a voz, e disse:

— Canalhas como ele só aprendem levando o troco... aliás, merecem o troco!

Ela pensou um pouco. Ele sutilmente apertou o abraço que os unia. Ela olhou para Iago por alguns segundos e então pôs a cabeça no seu ombro. Ficou quieta por mais um tempo. Depois, perguntou com o restinho de indecisão que ainda persistia:

— Você acha mesmo?

— Com certeza!

Enfim, ela se afastou um pouco e fitou Iago nos olhos. Ele retribuiu o olhar. Estavam próximos ainda. O vidente também a olhava nos olhos. Depois de algum tempo, ele começou a aproximar os lábios dos dela. Ela começou a fazer o mesmo... porém, de repente, veio à sua memória um *flash*.

E assim, quando se aproximava do mago para beijá-lo, a mulher se deu conta de que a jovem que aparecia nas fotografias com Godofredo tinha um rosto familiar. Bastante familiar, aliás. Ela já tinha visto a amante do marido em algum lugar...

Num meneio de cabeça, ela se esquivou do beijo no último momento e empurrou Iago com violência. Então, se aproximou dele novamente e lhe deu dois tapas estalados na cara, gritando:

– Canalha desgraçado! Está maluco? Quem você pensa que eu sou?
– Mas, mas...
– Canalha! Canalha! Rufião! Impostor! Você é um impostor! Quem você pensa que é, charlatão?
O mago tentava se explicar, gaguejando: *foi para tirar o olho gordo da amante que fiz isto*. De nada adiantava. Ela o xingava cada vez mais. Ele tentava se defender, em vão.
– O senhor nada mais é do que um conquistador barato e asqueroso! Charlatão! Estelionatário!
– Mas, mas...
– Você e aquele picareta daquele detetive! Vou colocar a polícia atrás de vocês! Bandidos!
– A-acho que a senhora está confusa...
– Cale a boca!
Ofegante, ela fez uma pausa, olhando com raiva para o vidente. Depois, se encaminhou em direção à porta. Antes de sair, ainda disse:
– Quer saber mais? Quer saber mesmo? Com ou sem amantes, gosto mesmo é do Godofredo! Eu o amo de qualquer jeito!
E saiu, batendo a porta com força.

CAPÍTULO 5
VELÓRIO DE BÍGAMO

"SÓ O INIMIGO NÃO TRAI NUNCA."
NELSON RODRIGUES

O ciúme pode cimentar as alianças mais improváveis. Sempre se soube que o Manuel era bígamo. Ele era um *bom sujeito*. Bom pai, bom filho, bom irmão, bom amigo. O único problema dele era com as convenções sociais. E com a religião. Para o Manuel, o mundo era muito intrometido. Ele achava que as pessoas criavam regras além da conta, que se preocupavam demais com o que os outros faziam. O mundo seria um lugar melhor se cada um vivesse sua vida, sem se preocupar com a dos outros, era o que ele sempre repetia.

E foi assim que ele viveu. E teve mulher. E teve outra mulher. As duas ao mesmo tempo, vivendo como se fosse casado duas vezes, só que em casas separadas. Teve filho com a primeira. Logo depois (coisa de meses), teve uma filha com a segunda. Cada união lhe rendeu um casal de filhos. Vivia de segunda a quarta com uma família. De quinta a sábado com a outra família, alternadamente, de semana a semana. Os domingos eram livres e ninguém podia perguntar o que ele aprontava.

Só que tudo acaba um dia. E a vida dupla do Manuel também acabou. Ele morreu. Todos pensaram: "E agora, como será o velório do Manuel? Vai ter confusão!". A família da Maria (mãe do Pedro e da Cristina) ficou à direita do caixão, com seus convidados. A família da Rosa (mãe da Sílvia e do Tiago), à esquerda do defunto, também com seus convidados. O problema ficou para os amigos e parentes que frequentavam as duas casas do Manuel. Qual viúva deveria receber condolências primeiro?

Quando cheguei ao velório, senti-me constrangido. Nunca sabemos ao certo o que dizer num momento desses à família do morto. Pois, imagine, eu não sabia o que dizer nem qual família cumprimentar! Decidi que tentaria cumprimentar as duas, embora soubesse que, se cumprimentasse uma primeiro, a outra provavelmente não falaria comigo.

Fiquei um tempo parado na frente do caixão, junto com minha mulher. A Maria estava desconsolada, mas com os olhos espichados para a fila de cumprimentos da Rosa. A Rosa também chorava bastante. Porém, percebia-se que as duas competiam postumamente pela preferência do Manuel. Talvez por isso eu nunca tenha visto um velório tão lotado. Cada uma queria mostrar ao mundo que Manuel tinha mais amigos do lado dela do que do da outra. E é verdade que ele teve amigos que eram assim: só frequentavam a casa de uma das mulheres. Mas eu e outros amigos do Manuel frequentávamos as duas casas. Imagine o que se passava na minha cabeça enquanto decidia qual família cumprimentar primeiro.

Roberto, o irmão do Manuel, veio e me deu um abraço forte. Esse tinha apenas uma esposa e três filhos. Embora fosse religioso e fiel, gostava do irmão e entendia o jeito dele. Dei-lhe minhas condolências. Ele me agradeceu, comovido. Depois, percebendo o meu evidente constrangimento, sugeriu:

– Por que a sua mulher não cumprimenta a família da Maria enquanto você cumprimenta a família da Rosa?

Dito e feito. Manuel, que se uniu em dois matrimônios, obrigou seus amigos mais antigos a se separarem das suas esposas no dia de seu velório. Ao menos nas filas de cumprimentos das duas viúvas.

Depois de eu dar as minhas condolências à Rosa e de Maria ser cumprimentada pela minha esposa, tentamos trocar de lado. Eu, pelo menos, fui mal recebido por Maria, que não me disse palavra. Pedro também não. Cristina foi a única compreensiva, que me agradeceu pelos cumprimentos.

O velório transcorria dentro da normalidade esperada, quando, inesperadamente, surgiu um padre!

– Quem é a viúva? – perguntou ele.

– Sou eu, padre Márcio. Fui eu que o chamei – respondeu Maria.

– A viúva não é ela. Sou eu! – apresentou-se Rosa.

– Duas viúvas? Como pode? Com qual ele se casou na igreja?

Começou uma pequena confusão.

– A viúva sou eu!

– Não, sou eu. Você sabe disso!

– Sou eu, e fui eu quem chamou o padre!

– Até nisso você trai o Manuel. Ele sempre foi contra a Igreja!

– Manuel tem alma! Você só se preocupa com você! Pouco te importa a salvação da alma do meu marido!

– Me importa, sim! Rezo por ele todos os dias, desde

que o conheci. Não precisei constranger um padre apenas para desmentir o que todos já sabem. Sempre fui a esposa predileta do Manuel!

– Não, sou eu!

– Não é não, sua hipócrita!

– Você não respeita o Manuel nem depois de morto!

– É mentira sua! Você é que não o respeita! Não duvido que você tenha amantes!

– Ora, sua cretina! Não me acuse do que você fez!

Enquanto a discussão esquentava, o padre se aproximou do defunto, o benzeu, fez uma ou outra oração e aproveitou para escapulir. A turma do "deixa disso" separou as duas mulheres antes que elas se engalfinhassem. Os filhos também tiveram que ser contidos.

Depois de um tempo, o velório se aproximava novamente de uma aparente normalidade. Se é que se pode dizer que velório de bígamo pode ser de alguma forma considerado normal.

Até que uma jovem loira chegou ao recinto. Todos a olharam, mas aparentemente ninguém a conhecia. Mulher bonita, na faixa dos vinte e poucos, trinta anos. Chegou sozinha, de óculos escuros e lágrimas abundantes.

Sem falar com ninguém, aproximou-se do caixão. Tocou no defunto com ternura. Nesse momento, Roberto se aproximou dela e lhe deu um abraço afetuoso.

– Quem é ela, Roberto? – perguntou Maria.

– É, quem é ela? – veio Rosa, perguntando o mesmo.

Meio constrangido, Roberto respondeu:

– Agora não é o momento. Vocês vão saber outro dia. Não hoje. Vamos respeitar a memória do morto.

– Para quê? As duas ficaram atazanando o pobre do Roberto por um bom tempo. E nada de o irmão do morto revelar quem era a formosa dona.

Mas não foi preciso. De repente, a loira começou a soluçar alto. Desesperou-se. Aproximou-se do caixão do Manuel e lhe tascou um beijo na testa. As duas viúvas arregalaram os olhos e afiaram os ouvidos. A moça, choramingando, disse coisas baixinho. Aparentemente, ninguém tinha conseguido ouvir.

Mas que nada!

O Pedro, filho do Manuel com a Maria, correu para perto da mãe e da irmã e passou a cochichar. O Roberto viu e coçou a cabeça. Rosa e seus filhos também perceberam.

– A senhora poderia fazer o favor de se afastar do caixão do meu pai? – foi o que disse Pedro à loira, depois de confabular com a mãe e a irmã.

– É um enterro! Todos aqueles que conheceram o morto têm o direito de prantear a sua morte!

– Este local é reservado à família que meu pai teve com minha mãe, Maria. Se quiser, vá para o outro lado!

E a dona foi para o outro lado.

Lá causou incômodo também.

Rosa, Sílvia e Tiago foram cumprimentados, a contragosto, pela loira. Depois, ela se dirigiu ao caixão do Manuel novamente, chorando mais do que todos os parentes reunidos.

– Não pode ser! Não pode ser!

Com aquele desespero todo, notícia boa é que não estava por vir. A desconfiança virou certeza.

– Deve ser a tal dos domingos! – disse Rosa.

– Será que ela tem filhos? – preocupava-se Sílvia, visto que o pai já não tinha deixado grande herança.

As duas famílias "oficiais" começaram a trocar olhares. Cochicha daqui, cochicha dali, e de repente dona Maria fez um gesto chamando dona Rosa. Esta, por sua vez, resolveu mandar o filho Tiago como "emissário".

– Tiago, essa sirigaita se considera a terceira esposa de papai. É a tal dos domingos!
– Tem certeza, Pedro?
– Ouvi tudinho o que ela disse no caixão. Certeza absoluta!
– Isso não pode ficar assim. É um escândalo!
– Concordo! Amantes não podem participar de enterros!
– Mas como é que você sabe que ela também não era esposa?
– Precisamos discutir isto!

E os dois fizeram sinal para suas mães e irmãs. Todos se reuniram, ali no enterro mesmo, para discutir o problema. Ninguém olhava mais o morto. Só olhavam a loira chorando no caixão, de um lado, e as duas famílias debatendo, do outro, que solução arrumar para a questão.

– Não é esposa. É amante!
– Isto mesmo! Esposas, só nós duas!
– Concordo, mamãe. Mas ninguém aqui tem papel nem bênção da Igreja!
– Todo mundo sabe que somos as viúvas do Manuel. É o que basta!
– E se ela tiver papel?
– A gente anula tudo na justiça!
– Isso mesmo. Onde já se viu? O homem já era casado duas vezes. Era bígamo. Esse nome existe. Três vezes não existe. Nem nome tem.
– E se for casada na igreja?
– A gente faz um escândalo na paróquia! Não vai ter

VELÓRIO DE BÍGAMO

padre que confirme esse casamento!
– E se a sirigaita tiver tido filho com papai?
– Muitos homens têm filhos com amantes. Isso também tem nome. Filho adulterino. Não prova casamento! E a dona chorava ao fundo, copiosamente. Era a única a chorar. O resto estava na expectativa do que iria acontecer. Confesso que tive vontade de partir, temendo confusão. Mas uma curiosidade mórbida de minha mulher me impediu de ir embora do cemitério.

As duas famílias ainda conversavam, com os irmãos misturados e as matriarcas cochichando como comadres:
– Casamento não pode ser de um dia só. Um dia na semana não prova nem vínculo de emprego, quanto mais casamento!
– Isso mesmo! Cada uma de nós ficava três dias na semana aturando o Manuel!
– Está certíssima!
– E tem mais! Quem lavava as roupas do Manuel? Quem cozinhava para ele seis dias na semana?
– Éramos nós!
– Tirando o Roberto, que é irmão e não conta, não vi nenhum amigo se aproximar dessa indecente!
– Pois é! Para ser casado, tem que ter amigos do casal!
– Como não tem, é clandestino! Se é clandestino, é amante!
– Amante não tem lugar em velório! É um desrespeito à memória do morto!
– E é um desrespeito às famílias do Manuel!
– Isso não pode ficar assim!
– O que a gente pode fazer?

Pedro pediu a palavra:

– Mamãe, eu, o Tiago, a Cristina e a Sílvia achamos que só há um jeito de pôr ordem nessa bagunça!
– Qual? – perguntaram as duas, em uníssono.
– A gente escreve um manifesto aqui rapidamente, e vocês duas leem ele depois. Cada uma lê uma metade do manifesto.
– Pois é, apenas vocês duas juntas têm autoridade moral para restaurar o respeito e a decência no local!
– Combinado! – disseram as duas, novamente em uníssono.
E os quatro irmãos se reuniram num canto, com um pedaço de papel arrancado da agenda do Tiago nas mãos. Pedro emprestou a caneta. Cristina, que tinha letra boa, redigiu o texto. Sílvia, que era advogada, ditou o manifesto. Depois de redigido, todos leram o papel atentamente. "Ficou perfeito!", foi o que disseram em coro, depois de acabar o trabalho.
As irmãs entregaram o papel para as viúvas. Pedro e Tiago se dirigiram para a frente do caixão, exigindo a atenção de todos.
– Pela memória do morto, pela moral e pelos bons costumes, pelo respeito que uma cerimônia como esta exige, redigimos um manifesto que será lido pelas nossas mães! Prestem atenção!
Os dois se retiraram, mas o problema agora era outro. Ficou combinado que uma leria os dois primeiros parágrafos e a outra leria os dois últimos. Mas as duas queriam encerrar a leitura!
O burburinho no enterro era grande. Os coveiros já estavam a postos para levar o caixão, mas eles mesmos haviam se esquecido da tarefa que tinham que cumprir, e observa-

vam a curiosa cena. Nas salas vizinhas, os outros mortos tinham sido abandonados. Todos no cemitério queriam ouvir o manifesto.

Enfim, chegaram a uma solução. As duas leriam juntas o texto. Em voz alta, para que todos ouvissem bem o que tinha que ser dito!

Não me lembro exatamente do manifesto. Fiquei com a impressão de que o texto ficou um pouco confuso, não me recordo das palavras exatas. Apenas sei que ele acabou num ultimato:

– Dito isso, as famílias legítimas do Manuel, suas duas esposas e seus quatro filhos, exigem a retirada imediata desta senhora do recinto. Agora! A memória do Manuel agradece a preservação da decência no seu enterro! Amante não tem nem nunca teve direito de participar de tal cerimônia. Isso é um escândalo! Essa exigência é o mínimo que podemos fazer pelo bom nome de nosso saudoso pai e marido. É o que tínhamos a dizer!

Mais burburinho na sala. A moça se recusava a sair. As irmãs ameaçaram partir para as vias de fato, mas foram contidas pelos irmãos, que não queriam aumentar o escândalo. Começaram os comentários:

– Se tinha duas, por que não poderia ter três?

– Ninguém a conhece!

– Casamento tem que ser de conhecimento da sociedade!

– Coitada da moça! Só porque não trouxe filho? Não é menos esposa por causa disso. Nem todo casal tem criança.

– Deveria ter pelo menos uma foto com o morto!

– Todo mundo sabe que o Manuel não ligava para religião nem para convenções sociais.

– Tinha que ter uma votação!

– Onde já se viu votar para eleger esposa?
– Ela é muito mais nova do que ele era... Tem a idade dos filhos do Manuel!
– E diferença de idade era lá problema para alguém como o Manuel?!

A minha mulher participava dos debates. Eu, constrangido, tentava me esconder no canto da sala. Os coveiros também discutiam. Cada um tinha uma opinião e todo mundo se achava com mais razão que os outros.

A situação chegou a um ponto em que metade dos presentes pretendiam expulsar a moça à força. A outra metade se punha na porta e jurava defender a presença da "esposa dos domingos". Foi aí que Roberto enfim interviu.

– Esperem um pouco que eu vou conversar com a dona!

E ele foi lá. Levou-a para um cantinho da sala. Conversa daqui, conversa dali e, em alguns minutinhos, o anúncio:

– A senhora Paula Silva vai se retirar do enterro! Peço que respeitem o seu luto e a deixem ir em paz! Ela me disse também que, apesar de ter sido a esposa dos domingos nos últimos anos da vida do Manuel, com ele não teve filhos, nem pretende reivindicar herança! Para ela, a memória do Manuel será eterna e isso é o que lhe basta!

E ela se foi, ouvindo vaias de metade dos presentes e aplausos dos demais. As duas famílias estavam unidas, de mãos dadas, rezando alto e agradecendo aos céus pela partida da amante.

O caixão foi carregado por Roberto, seus dois sobrinhos (filhos de Manuel) e outros dois homens. Atrás do caixão, seguiam as duas viúvas de braços dados, seguidas por suas filhas, também de braços dados.

Foi um grande alívio voltar para casa.

Uma semana depois, Roberto tinha um negócio para resolver numa cidade vizinha. Como eu também tinha algumas pendências a resolver lá, aceitei a carona que ele me ofereceu.

Na hora do almoço, tive grande surpresa.
– Teremos uma convidada hoje!
– Quem? – perguntei, sem ver a loira que se aproximava da mesa.
– Oi, Paula! Quero dizer, Beatriz! Tudo bem?
– Oi, Roberto! Tudo ótimo, e com você?
– Comigo tudo bem também. Deixe-me lhe apresentar um amigo.

Fui apresentado à suposta "esposa dos domingos".
– E aí, Roberto, representei bem o meu papel?
– Divinamente, minha cara. Você sempre foi uma ótima atriz!
– Obrigada! Você é muito gentil!
– De nada! Gentileza é a marca registrada de minha família!
– Roberto, confesso que, no velório, quase desisti e contei a verdade. Tive medo de apanhar!
– Eu não te disse que tinha pensado na sua segurança? Havia quatro seguranças preparados para intervir em caso de necessidade.
– Você pensa em tudo, Roberto!
– Bom, aqui está o seu pagamento! – ele disse a Paula, entregando um envelope. Depois, prosseguiu: – E minha promessa de apresentá-la para aquele diretor de teatro amigo meu está de pé! Aliás, ele estava no enterro. Quando ele soube que você era uma atriz, ficou impressionadíssimo. Quer conhecê-la de qualquer jeito!

– Muito obrigada, Roberto! Você é um anjo!
A conversa prosseguiu e nos despedimos da moça após o almoço. Eu não estava entendendo nada.
– Roberto, por que você fez isso? Enlouqueceu? O enterro quase virou pancadaria por causa da presença dessa dona.
– Amigo, você é muito assustado! Tudo estava sob controle.
– Mas por que você fez isso? Já não bastava a confusão de duas famílias no enterro? Precisava de mais tumulto?
– Você não entendeu mesmo, não é? Meu irmão exigiu e lhe fiz uma promessa quando ele já sabia que iria morrer em meses. No início, me apavorei. Não tinha ideia de como cumpri-la, parecia impossível. Depois, me veio à mente esse plano. Agora, estamos todos felizes. Meu irmão lá no céu, as duas famílias unidas e eu com a consciência tranquila, pois realizei o último desejo de meu único irmão, o que ele nunca conseguiu realizar em vida, apesar de tentar muito.
Ouvi isso e não falei mais nada.
De fato, do enterro em diante, as duas famílias do Manuel tornaram-se amigas inseparáveis. Unha e carne.

CAPÍTULO 6
REI LEAR

> "O ÚNICO TESTE SEGURO PARA JULGAR E SEPARAR UM ARGUMENTO OU INSPIRAÇÃO DE OUTRO É ESTE: TODOS OS SENTIMENTOS NOBRES NUM HOMEM FALAM A LINGUAGEM DA ETERNIDADE. QUANDO UM HOMEM ESTÁ A FAZER AS TRÊS OU QUATRO COISAS QUE VEIO FAZER NESTA TERRA, ENTÃO ELE FALA COMO ALGUÉM QUE VIVA PARA SEMPRE."
> **G. K. CHESTERTON**

"Amélia, Clara e Cora. Sobrinhas amadas. Vocês são o que tenho de mais precioso neste mundo, o que resta da minha família, o legado que me foi deixado pela querida e única irmã que tive, Teresa. Eu e minha esposa, que Deus a tenha, não tivemos a bênção de uma prole. Tentamos, tentamos, tentamos... mas Deus não quis que tivéssemos sequer um filho! Bem, não questionarei os desígnios divinos... Não estranhem que eu fale hoje sobre Deus, sobre desígnios divinos... Sei que sempre fui agnóstico convicto, anticlerical... No entanto, mesmo um velho teimoso como eu pode se converter, acreditem, acreditem... Falaremos sobre isto... O que quero dizer agora é que o sangue dos Alcântara de Alencar ficará neste mundo. O sangue de boa cepa de meus pais foi transmitido às próximas gerações graças a vocês, sobrinhas adoráveis, ternurinhas que peguei no colo e que hoje são mães de lindas crianças... Me lembro de quando eram pequenas, de quando cada uma nasceu, tão bonitinhas... Amélia, que alegria foi o seu nascimento, a primeira neta de mamãe, que celebração que fizemos! Pena que papai não estivesse mais vivo para pegá-la no colo... Você tem os mesmos olhos azuis que ele tinha! Quando vi seus olhos pela primeira vez, vi papai! No céu, onde ele está agora, quase pude ouvi-lo sussurrando para mim: *Filho, sempre falei que o sangue Alcântara de Alencar é forte!* Sim, papai, é forte! Muito forte! Há belos olhos me fitando agora que provam isso!

Emocionado, Leonel fez uma pausa e olhou para outra sobrinha:

– Clara, você foi a segunda a nascer. Mamãe ainda a pegou no colo. Que me perdoem suas irmãs, também muito bonitas, mas você é a mais linda Alcântara de Alencar que conheci! Se não fosse minha sobrinha querida, se eu fosse um rapaz jovem, tenho certeza de que a pediria em casamento! Você herdou a beleza de mamãe. Não. Mais que isso! Ouso dizer que conseguiu ser mais bela do que mamãe foi quando jovem! Você herdou também a fé de sua avó, sempre foi às missas! Devota de Santo Antônio como mamãe era! O santo de nossa família! Você que tem em sua casa a estátua de Santo Antônio, símbolo da minha linhagem materna. Queria ter sua fé, minha sobrinha! Queria ter sua fé, como preciso dela atualmente! Mas essa é uma conversa para depois. Agora, gostaria de falar com a caçulinha.

Mais um breve silêncio. Ele olhou para a terceira sobrinha:

– Cora. Cora, Cora! O xodozinho de toda a família! A nossa pequena bênção! Mamãe morreu cinco dias antes de seu nascimento. Como ela gostaria de tê-la conhecido! Quando Teresa estava grávida, mamãe confidenciou a ela

— ele parou um pouco, olhou rapidamente para as irmãs mais velhas e, então, tirou o olhar delas, fitando somente a mais nova, com a mão ao lado da boca como se apenas falasse com ela:

— Que suas irmãs não escutem, pelo amor de Deus! — tirou a mão do lado da boca e voltou a olhar para as três.

— Amélia e Clara, tapem os ouvidos! Tapem os ouvidos, por favor!

As duas taparam realmente os ouvidos, mas foram gentilmente repreendidas:

— Não, esqueçam, estava brincando! Ouçam! Isto é história, história da família Alcântara de Alencar, todas vocês devem saber... Um dia, alguém ainda escreverá sobre nossa família, escutem o que estou dizendo! Cora, durante a terceira gravidez de Teresa, sua avó lhe confidenciou que sonhou com Santo Antônio. Sabe o que ele disse no sonho? Sabe?! Sua mãe nunca te contou?!

Cora fez sinal de negativo com a cabeça:

— Você saberá agora! O santo disse para sua avó, em sonho, que nasceria mais uma menina do ventre de Teresa. Mais que isso, falou ainda que essa menina seria a mais especial de todas! Disse que essa menina aliviaria uma grande tristeza que se abateria na família e que nos daria muitas alegrias... muitas alegrias! De fato, Cora, foram essas as palavras de mamãe que confortaram Teresa quando da morte de sua avó! Quando ela me disse isso, Cora, quando ela me disse isso pouco antes da missa de sétimo dia, eu, agnóstico que era, coração de pedra, eu me emocionei como nunca antes, Cora! Fiquei profundamente comovido! Apenas tive forças para assistir à missa de sétimo dia de sua avó e fazer o mais belo e sincero discurso que fiz em toda a minha vida naquela missa porque me lembrei dessas palavras! Enquanto falava, Cora, eu via você, Cora, eu via você! Você não estava na missa, Cora, mas eu te via mais do que via qualquer um dos presentes! Cora, aquele discurso não foi meu! Foi seu, Cora! Foi seu! Apesar de ainda muito pequena, apesar de estar em casa e de não saber falar ainda, você telepaticamente me guiava, acredite em mim, você me guiava palavra por palavra durante o discurso que fiz em homenagem a mamãe na missa de sétimo dia! Cora, você foi o conforto que tive no momento que foi talvez o mais triste de minha vida! Minha pequena Cora, a mais novinha, a mais miudinha, minha querida sobrinha, você é a prova do dito popular que afirma que os menores frascos contêm as melhores fragrâncias! Sempre muito atenta, muito viva, muito inteligente! Se Amélia herdou os olhos de papai e Clara herdou a beleza de mamãe, você, Cora, você, minha pequena princesa, herdou a melhor parte dos Alcântara de Alencar! Mais que isso, você é a Alcântara de Alencar mais inteligente que conheci! Porém, não há apenas inteligência nessa cabecinha. Você é sábia, Cora! Erudita! Você não desperdiça o talento que Deus te deu. Não há livro na vasta biblioteca deste escritório que você não tenha, pelo menos, folheado... Que inteligência, que cultura... Cora, você carrega nos genes, como nenhuma outra, a melhor parte dos Alcântara de Alencar, a inteligência! A ela, você acrescentou uma sabedoria invejável, uma erudição ímpar... Olhe que seu tio é um homem bastante erudito, falo cinco idiomas com fluência, leio latim e grego antigo, sou um homem culto à moda clássica... Não elogio qualquer um dessa forma... Não sou assim fácil de impressionar, Cora, você sabe, fui o melhor aluno de minha turma de Harvard, de forma que, para mim, muitos desses *pe-agá-dês* que aparecem na imprensa e deslumbram os incautos são, na verdade, umas bestas quadradas... Cora, você sempre foi a primeira da turma, você fala inglês melhor do que eu, Cora, melhor do que eu! Cora, você também é poliglota! Minha menina prodígio (permita-me chamá-la de menina; para mim, vocês são e sempre serão as minhas meninas)... mas o que eu estava dizendo? Ah, sim, Cora, você fala quase tantos idiomas quanto eu! E mais, Cora, você lê latim! Quem na sua geração ainda se interessa por latim?! Você se interessa, Cora! Você se interessa! Sabe de uma coisa, Cora? Sabe quem guardou sua redação escolar premiada sobre aquela peça de Shakespeare? Eu, Cora, eu! Até hoje a leio, orgulhoso e impressionado! Como uma menina de doze anos pôde ser capaz de escrever texto tão belo, com ideias tão concatenadas! E que elegância de estilo! Cora, você escreveu aquele texto com a mão de Shakespeare! Não acredito nessas coisas, mas, se acreditasse, diria que você psicografou (sim, psicografou!) o próprio Shakespeare! Bom, já falei demais, minhas sobrinhas. Falei demais. Sempre fui tagarela, vocês sabem! Falei demais e ainda não disse o que tinha a dizer.

 Leonel Alcântara de Alencar fez outra pausa. Pôs as mãos nos olhos. Começou a lacrimejar. As sobrinhas se levantaram para consolá-lo. As três o beijaram e perguntaram a razão do choro. Deveria ser algo muito grave. O tio nunca tinha sido emotivo. Ele pediu um tempo, agradeceu pelos beijos, pelos afagos, pelo consolo, e pediu que elas sentassem novamente nos seus lugares. Chamou o mordomo pela campainha, *traga-me um copo de uísque, por favor*. Após dois goles, Leonel respirou profundamente, fitou as sobrinhas nos seus lugares e voltou a falar:

– Minhas sobrinhas, o sangue dos Alcântara de Alencar, o meu sangue corre nas suas veias. Escutem o conselho de seu tio. Só se pode ser imaturo duas vezes na vida: quando se é jovem, o que é desculpável, ou quando se chega na idade na qual se pensa que o mundo não vai mais nos surpreender. Pois bem, minhas meninas, fui imaturo novamente. Nunca pensei que reagiria dessa forma quando chegasse a minha vez. Mas aconteceu. De que me adianta, hoje, estar na *Forbes*? O que isso vale de verdade para mim? Eu, que ano após ano me orgulhei de ver o meu nome sendo citado entre os poucos bilionários do mundo, eu, que sempre lutei para ter uma das maiores fortunas do Brasil, vejo que toda a minha riqueza, agora, é impotente. Eu, que tive uma vida de rei, sinto-me agora como se estivesse no trono de Dâmocles, com o fio do rabo de cavalo se rompendo e a espada caindo na minha cabeça. Hoje entendo Steve Jobs, que afirmou que não queria ser o homem mais rico do cemitério...

Com a voz embargada pelo choro, Leonel prosseguiu:

– Eu, erudito que sou, de que me vale todo esse conhecimento se ele agora é inútil para me salvar?! Como disse Carlos V: "Quantas línguas alguém fala, tantas vezes ele é um homem". "*Quot linguas quis callet, tot homines valet.*" Ou seja, podemos ser vários homens se falarmos vários idiomas. Mas eu, que sou poliglota e sempre acreditei nisso, constato que posso ser muitos homens, mas tenho apenas uma vida! Apenas uma! Uma vida e somente uma alma! Somente agora, apesar de todos os avisos de mamãe, de todas as homilias que ouvi quando criança e de todas as lições religiosas que tive em colégio beneditino, pois bem, somente agora vejo que sempre me descuidei do que tenho de mais valioso! Sempre me descuidei de minha alma!

Ele parou novamente e chorou mais um pouco. As sobrinhas se levantaram para consolá-lo, porém ele fez um gesto pedindo para que se sentassem. Então, continuou:
– Minhas sobrinhas queridas, meus amores, alegrem-se! Deus me abençoou! O Senhor me abençoou, logo eu, que não sou digno de bênção alguma! Ele se apiedou de minha alma! Ele me escolheu! Sou um dos escolhidos! Fui avisado com antecedência, de forma que pude me converter. Sim, é isso que vocês estão ouvindo! Hoje, sou um homem de fé! Devoto de Santo Antônio! Sou um moribundo, mas abençoado... *"Tu és pó, e ao pó voltarás"*.

Dessa vez, ele foi interrompido. *Como assim? Não pode ser, titio! O senhor é saudável e lúcido, deve haver algum engano*, foram algumas das frases que as sobrinhas disseram, entre lágrimas. Todos se abraçaram. As sobrinhas beijavam o tio.

Após algum tempo, ele retomou a palavra:
– Em suma, tenho câncer no pâncreas. As células cancerígenas alastram-se pelo meu organismo como se fossem coelhos. Os médicos me deram, no máximo, seis meses de vida... nem um dia a mais. Agora que todas vocês sabem, enfim, podemos tratar do assunto que motivou esta conversa. Tenho uma grande fortuna. Sempre tive medo de fazer um testamento, mas agora não posso mais adiar. Preciso fazê-lo. Ter uma fortuna como a minha é uma grande responsabilidade. Meu dinheiro garante o sustento de muitas famílias, meus negócios impulsionam o desenvolvimento do país... Tenho que pensar em como distribuir a minha herança. E o afeto que vocês sentem por mim também será determinante nesta decisão. Não medi os elogios que fiz a cada uma de vocês há alguns minutos, mas saibam que

gosto igualmente das três. O que quero saber agora é quanto vocês gostam de mim. É exatamente isso que preciso saber hoje. Começo pela mais velha. Quanto você gosta de mim, Amélia? O que fará se herdar a minha fortuna?

Amélia engoliu em seco. Pela primeira vez na vida, suas palavras valeriam bilhões de dólares. O tio sempre tinha sido carinhoso com as sobrinhas. No entanto, sempre foi sovina, inclusive com elas. A família Alcântara de Alencar tinha uma riqueza de muitas gerações. Só que o tio Leonel multiplicou, e muito, a fortuna que recebeu, enquanto o seu cunhado, marido de Teresa e pai de Amélia, Clara e Cora, mulherengo e jogador, dissipou quase toda a herança da esposa com cavalos lentos e amantes rápidas... Enfim, Amélia deu um grande gole no copo de água que estava à sua frente e começou a falar, gaguejando:

– Meu tio querido! O senhor é que é o meu verdadeiro pai! Sim, meu pai! Digo isso porque a vida me ensinou que o pai de verdade nem sempre é o biológico... O pai de verdade é aquele que educa, que dá exemplo, que trata com carinho, com afeto...O meu pai biológico, espero que Deus tenha tido piedade de sua alma, porque ele precisava de muita piedade divina... O senhor bem sabe, meu pai biológico nunca mereceu fazer parte da família Alcântara de Alencar... Não preciso aqui elencar as razões... Enfim, havia uma lacuna na minha família... Faltou-nos a figura paterna... E quem a preencheu?! Quem a preencheu? Nem preciso responder, meu tio querido, o senhor bem sabe que sempre o tive como verdadeiro pai. Para quem sempre pedi conselhos? Com quem eu conseguia tirar as minhas dúvidas de francês, matemática, português, de tudo o que eu aprendia quando era ainda estudante? Para quem dediquei a minha primeira poesia? Tio, tenho que lhe confessar: se existe de fato o tal complexo de Édipo, sim, se é verdade que as meninas se apaixonam pela figura paterna, meus olhos azuis projetaram a minha paixão não no meu pai... É com vergonha que tenho que confessar isto, mas projetei minha paixão no senhor... Os olhos que herdei de vovô foram apaixonados por você... Ai, que vergonha, nunca pensei que um dia fosse confessar isto... Mas nunca em minha vida senti tristeza mais aguda do que agora, precisava confessar...

    Amélia olhou para baixo, forçou umas lágrimas e soluçou um pouco. O tio se levantou, foi até o frigobar que havia no escritório, encheu o copo da sobrinha de água e ofereceu a ela, enquanto beijava o seu couro cabeludo. Amélia pediu um tempo e puxou um lenço para enxugar as lágrimas que conseguiu. Depois, prosseguiu:

– Tio, tenho tantas coisas a lhe dizer. Seis meses é tão pouco tempo... Não sei se conseguirei falar tudo... mas tentarei...

– Diga o que você conseguir agora, minha querida sobrinha. Escute seu coração, e fale tudo o que ele pedir...

– Meu tio amado, o senhor é o homem mais brilhante e generoso que conheço... E ainda não há no Brasil empresário com o tino para os negócios que o senhor tem... Se houvesse na pátria cinco homens como o senhor, seríamos a maior potência do mundo! Fico impressionada com a quantidade de negócios que o senhor administra, com o número de empresas distintas que tem, com os milhares de empregos que gera... E que humildade... Que generosidade com os seus funcionários, com os amigos, com os parentes... Nem sei como agradecer por tudo que o senhor já me deu – uma pausa para uma lágrima. – O senhor tem o verdadeiro toque de Midas... Tudo o que empreendeu na vida prosperou... Um dia, contratarei o maior biógrafo vivo para dizer ao mundo quem foi Leonel Alcântara de Alencar... Sim, o mundo deve saber quem foi este homem, com *agá* maiúsculo, exemplo único de genialidade... Erudito, mas não lunático... Pragmático, mas sonhador... Enriqueceu o planeta sem depredá-lo... Com princípios morais sólidos... Tolerante com as fraquezas alheias, mas inflexível quando se trata de ética, de falta de amor ao próximo, de falta de respeito humano... Se há no céu um sol que nos dá a luz, há no mundo o senhor, ser iluminado, do bem... Homens como o senhor, meu tio, só nascem uma vez a cada mil anos... Quando o senhor nasceu, a família Alcântara de Alencar era somente mais uma dentre as muitas famílias ricas brasileiras... Hoje, a família Alcântara de Alencar é a família mais invejada de todo o país... Tudo isso por força do seu brilhantismo, do seu carisma e do seu desprendimento... Muita fofoca se fez com o nosso nome devido aos maus hábitos do meu pai biológico... No entanto, nada arranhou a nossa reputação... Pelo contrário, ela apenas cresceu, cresceu muito, exponencialmente, e tudo isso devemos apenas ao senhor... Desculpe-me se parece que o bajulo, sei o quanto o senhor despreza bajuladores... É que o senhor me pediu para falar tudo o que o meu coração pedisse, e estou fazendo isto... – disse Amélia, conseguindo engatar um choro.

– Era isso o que você tinha a me dizer, minha amada sobrinha?

– Sim... não... gostaria de dizer mais, muito mais... Porém, não tenho a sua eloquência... vou terminar, meu tio, para não o aborrecer mais...

— Você nunca me aborrece, minha linda sobrinha! Ouvir você dizer palavras tão carinhosas me deixa profundamente comovido... Verdadeiramente, estou sem palavras... Há algo que você gostaria de acrescentar?

— Sim, sim... Mais algumas palavras, apenas... Não tenho diploma de Harvard, assim como o senhor e Cora... Isso é para poucos, muito poucos... Mas sou formada em administração de empresas... Estudo bastante, o senhor sabe... Comigo, o grupo Alcântara de Alencar estará, modéstia à parte, em excelentes mãos... Não tão boas quanto as suas, isso é impossível... Porém, estudarei ainda mais do que estudo, contratarei os mais renomados profissionais do mercado, expandirei o grupo, gerarei mais empregos ainda... Se depender de mim, em cada bairro da zona sul do Rio de Janeiro, em São Paulo, em Belo Horizonte, em Manhattan, em Londres, em Paris... Nas principais cidades de Portugal, terra de nossos antepassados, em todo lugar importante do mundo haverá um busto seu, meu querido tio! — disse Amélia, derretendo-se em lágrimas. — É isso, meu tio... tenho muito mais a lhe dizer, mas a emoção não me permite, quero apenas chorar agora...

Leonel se levantou. Uma lágrima escorria por sua face. Ele se aproximou da sobrinha, pedindo que ela se levantasse. Depois, os dois se abraçaram demoradamente, trocando palavras carinhosas... No fim, ele a beijou na testa e foi se sentar novamente na sua cadeira. Retirou os óculos, limpou-os, olhou para Clara:

— E você, minha santinha, minha amada sobrinha? Você é a segunda mais velha... Desculpe-me fazê-la esperar... A Amélia me emocionou bastante... Agora, gostaria de ouvi-la. O que você gostaria de me dizer?

Clara tremeu. Tirou o terço que sempre carregava na bolsa, o beijou e depois ficou com ele nas mãos firmemente apertadas. Pediu um tempo. Pensou. Ofereceu o terço para o tio como presente, *finalmente o senhor vai aceitá-lo!* Bebeu o copo de água na sua frente de um só gole. Pediu licença para o tio para buscar mais água. *De jeito algum, fique aí sentadinha, minha querida! Sou um cavalheiro, deixe-me buscar a água para você.* Os belos olhos de Clara olhavam para o tio enquanto o pensamento se embaralhava diante de tantos cifrões... Ela bebeu o segundo copo de água com dois rápidos goles, tomou coragem e começou a falar:

– Meu santo tio! Que Deus seja louvado! Santo Antônio, de quem sou devota, enfim ouviu minhas preces, e o senhor abraçou o catolicismo, sua religião de berço. Mas tinha que ser dessa forma? Não, não poderia ser dessa forma, nem neste momento, no qual recebo notícia tão trágica... Pela primeira vez, Santo Antônio me decepcionou... – disse, enquanto escorriam lágrimas pelo rosto. Pausou para uma fungada no lenço que retirou da bolsa. Então prosseguiu:

– Que tristeza aguda sinto agora! Que saudades antecipadas! Sempre o tive nas minhas orações... Mais até do que do que papai, confesso... Não deveria fazê-lo, peco ao dizer isso... Entretanto, o senhor precisa saber... O senhor é um abençoado, meu tio! É mais que um escolhido de Deus! É um homem santo! Mesmo antes da sua conversão, Nosso Senhor Jesus Cristo sempre guiou os seus passos... Não gostaria de fazer comparações, mas sou obrigada a isso... Veja papai... Até frequentava algumas missas... Porém, ali estava apenas de corpo presente... Que vida anticristã que papai levou... Deus tenha piedade de sua alma... Deus tenha piedade... O senhor, titio, se dizia anticlerical, agnóstico...

Mas nunca acreditei nisso... Cada palavra, cada gesto, cada intenção sua, enfim, embora negasse, embora criticasse a Igreja, no coração o senhor sempre se guiou pelos ensinamentos cristãos que desde jovem aprendeu... O corpo de papai estava na igreja, mas seu coração estava longe dela... O senhor, por sua vez, titio, o seu corpo quase nunca esteve na igreja, porém seu coração sempre esteve nela, ouvindo silenciosa e contritamente a palavra do Senhor... O senhor sempre foi cristão, meu tio querido... Não o era no discurso, da boca para fora, mas o era onde realmente importa, no amor ao próximo, na caridade, na conduta, no coração... Tenho certeza de que vovó sempre soube disso... Tenho certeza de que ela está agora, no céu, sorrindo, olhando para nós aqui, neste escritório, neste momento triste... Estou convicta de que ela está sussurrando nos ouvidos de Santo Antônio neste exato momento. Posso até ouvi-la: *"Sempre tive muito orgulho do meu santinho!"*.

Nesse momento, Clara percebeu que uma lágrima descia pelo rosto do tio. Ela refletiu: *Acho que estou indo bem...* Resolveu se levantar. Deu um beijo na bochecha dele e o abraçou enquanto ele chorava. Amélia se levantou também e fez o mesmo. Cora apenas observava. Alguns minutos se passaram. O tio pediu carinhosamente que as sobrinhas se afastassem e sentassem nas suas cadeiras. Então, disse:

– Minha sobrinha, me desculpe! Você me fez pensar em algo que, no meio deste alvoroço, eu ainda não tinha pensado... Minha mãezinha querida deve estar muito orgulhosa de mim... Certamente está! Ela sonhava com que eu me tornasse padre... Ah, se ela me visse agora... – e chorou mais um pouco. Clara esperou e depois retomou a palavra:

– Meu tio querido, meu santo tio, um dia, quando eu

olhar para o céu, estarei pensando em você junto de vovó e de mamãe! É muito triste dizer isto, meu amado tio, muito triste, mas tenho que dizê-lo... Em breve, você estará com a vovó, abraçadinho a ela, e verá com seus próprios olhos o quanto ela se orgulha de você... O senhor se tornou muito mais que um padre, meu tio... O senhor se tornou um santo... Meu Deus, que privilégio eu tive... conheci um santo em vida... E esse santo é o meu tio, o único irmão de mamãe, meu padrinho de batismo... Tio, se eu não o conhecesse bem, diria que a sua vida lembra a parábola do filho pródigo... Mas isso não é verdade... O senhor nunca se afastou de Deus... Sempre teve um coração cristão dentro de si... O senhor escondia isso do mundo como defesa... Vovó o pressionou bastante, e você, titio, consciencioso como sempre foi, fez um severo exame de consciência... Rigoroso como o senhor é, sentiu-se incapaz de seguir a sua vocação genuína... O senhor queria ser padre, titio... Mais do que tudo, o senhor sempre se arrependeu de não ter tido coragem de se tornar padre... O senhor se sentia culpado, um filho ingrato, por não ter realizado o grande sonho de vovó e, como defesa psicológica, o senhor fingia ser anticlerical... No entanto, o senhor realizou muitas obras genuinamente cristãs, meu tio amado... O senhor foi muito mais que um simples padre...

Outra interrupção. Amélia se contorcia na cadeira e olhava para os lados. Cora estava tranquila e tinha os olhos fixados afetuosamente no tio. Clara continuou:

– O senhor foi muito mais que um sacerdote... O senhor foi santo no mundo... Santo porque sempre se comportou como tal, embora criticasse a Igreja... Santo porque carregou uma cruz que pouquíssimos homens carregaram na vida, com tantas acusações injustas, tantas perseguições, tanta inveja, vivendo cercado de homens maus e egoístas... O senhor nunca protestou... Pensando sempre nos seus empregados, nas famílias deles, na sua família, no bem do país, o senhor prosseguiu... Titio, o senhor foi um anjo na vida de milhares, de milhões de pessoas ingratas que não reconhecem a sua abnegação, a sua generosidade, o seu valor... O senhor não precisava chegar onde chegou, titio. O senhor poderia ter parado de trabalhar, poderia ter traído titia – coisa que, tenho certeza, jamais fez –, poderia ser como papai e ter tido inúmeras mulheres... Mas não, titio... Não o senhor... O senhor sabia que alguém com o seu talento tinha uma enorme dívida com Nosso Senhor Jesus Cristo... E o senhor, titio, se empenhou como poucos santos fizeram para, como o servo que recebeu cinco talentos e os duplicou na parábola de Nosso Senhor Jesus Cristo, multiplicar as moedas que lhe foram entregues pelo Senhor... Titio, o senhor sabia que tinha que gerar empregos, que tinha que aconselhar sabiamente os homens que decidem o destino do país, sabia o quão grande era a sua responsabilidade... O senhor tinha uma missão, titio, e a cumpriu com fidelidade e desprendimento, arriscando a saúde, a reputação, perdendo inúmeras noites de sono... Lembro-me de que Padre Antônio Vieira disse num sermão que a falta da estátua de Catão no Capitólio era mais percebida que todas as estátuas de grandes romanos que lá estavam... O senhor terá mais que uma estátua, titio... Construirei uma igreja em sua homenagem... Santo súbito, titio! Santo súbito! O senhor será santo, titio, lutarei com todas as minhas forças por isso! Santo como foi Santo Agostinho, que se converteu após uma longa caminhada e

se tornou santo, e que inspirou e inspira tantos cristãos... Titio, se o senhor soubesse quantas almas se converterão ao cristianismo por causa de suas atitudes, de seu exemplo de vida... Isso me emociona tanto, sinto tanto orgulho e inveja ao mesmo tempo...
Clara interrompeu um pouco a fala, chorando:
– Desculpe-me, titio! Nunca senti tanta emoção em minha vida... Titio, perdoe-me pelo longo discurso... Como diria Padre Antônio Vieira, perdoe-me por não ter tido tempo para ser breve... Sei que minhas palavras são insuficientes... Nem de longe refletem o grande homem, o santo que o senhor é e foi ao longo da vida... Prometo-lhe, titio, que farei uma igreja em sua homenagem... Seu nome será lembrado nas intenções de todas as missas dominicais no tempo que me restar de vida... Não que o senhor precise de tantas orações, mas ainda assim orarei, e colocarei seu nome nas intenções das missas dominicais... O arcebispo rezará sua missa de sétimo dia... Farei o que estiver ao meu alcance para conseguir isso... Ah, e não me esquecerei do grupo Alcântara de Alencar... Me cercarei dos melhores e mais pios profissionais do mercado para me assessorar no comando dele... Seus empregados sentirão sua falta, sim, é inevitável que isso ocorra... No entanto, garanto que farei o que for possível para tratá-los como o senhor os trata, para lhes dar pelo menos o mesmo padrão de vida que o senhor lhes dá... Sei que será dificílimo, que não sou capaz disso, mas Deus não escolhe os capacitados, e sim capacita os escolhidos... E você, titio, estará no céu, olhando por todos nós, intercedendo junto ao Nosso Senhor Jesus Cristo pelo bem de suas sobrinhas, de seus amigos e de seus empregados... – encerrou Clara, chorando triunfalmente.

O tio esperou um pouco. Retirou os óculos, enxugou as lágrimas, levantou-se e foi ao encontro de Clara. Deu o braço e pediu para que ela ficasse de pé. Os dois se abraçaram demoradamente, enquanto Amélia olhava para o outro lado. Ele a beijou duas vezes, uma em cada bochecha. Quando o tio fez menção de voltar para sua cadeira, Clara o agarrou pela mão, chamou as irmãs e pediu para que todos orassem um Pai-Nosso. Assim fizeram. Então, Leonel retornou, ainda chorando, para sua cadeira. Olhou para o teto:

– Bom, agora tenho certeza de que não morrerei de infarto... – ele fez uma breve pausa e olhou para Cora. – E você, minha caçulinha, meu xodozinho. E você? O que você tem a dizer para o seu tio? Qual é o recado que o seu coração quer me dar neste momento tão triste? Por favor, me diga, estou ansioso para ouvir suas palavras...

Cora fez cara de triste. Mirou os livros na estante, atrás do tio. As irmãs se remexiam nervosas nas cadeiras. Conheciam a eloquência de Cora. Passado algum tempo, a caçula enfim falou:

– Tio, o amo e sentirei muito a sua falta. Porém, não tenho nada a dizer neste momento...

– Nada? – disseram as irmãs, em uníssona surpresa.

– Sim, nada. Amo-o, tio, o senhor bem sabe. Amo-o, nem mais, nem menos que isso. Porém, neste momento, não me é possível trazer o coração até minha boca... Sempre me lembrarei do senhor e sempre sentirei saudades, sempre será uma honra para mim dizer que o senhor foi o meu tio amado. Entretanto, estou sem palavras. Não consigo dizer mais nada.

As lágrimas das irmãs secaram com o espanto. As duas estavam boquiabertas, sem acreditar no que estava acontecendo e sem entender. O tio, porém, não parecia surpreso. Ele olhou para baixo e, para surpresa de todas, chorou convulsivamente. Chorou mais do que tinha chorado com as palavras das sobrinhas mais velhas. Bem mais. As lágrimas dele comoveram todas as três irmãs, ainda que por razões distintas. Após um longo tempo, Leonel enfim falou:

– Há um ditado japonês que diz que as palavras não ditas são as flores do silêncio! Minha caçulinha amada, você sempre soube o que dizer... Nunca duvidei de você... Você terá o que tenho de melhor... Agora, venha cá, e deixe-me abraçá-la! – e deu o mais longo abraço de todos, beijando sua face três vezes. Depois, prosseguiu:

– Já tomei minha decisão! Nunca, em toda a minha vida, me emocionei tanto quanto hoje... Como estava nervoso antes... Hesitei antes deste encontro, pensei bastante em como fazê-lo, pois temia muito o que poderia acontecer... Coloquei-as numa prova de fogo logo após vocês receberem uma notícia trágica, e isso poderia levar a enganos... Uma impressão, às vezes, deforma em nosso coração toda a biografia de uma personalidade... Porém, vocês se mostraram genuinamente como são, como sempre as vi! Agora, minhas amadas sobrinhas, peço-lhes para que acompanhem meu mordomo. Preciso ficar sozinho um pouco. Preciso orar, agradecer a Deus por atender às minhas preces! Agora sei como dividir a minha herança...

Amélia e Clara, profundamente desapontadas, nada entendiam. Porém, quando o mordomo fechou as portas da imponente mansão do tio, as duas passaram a bajular a caçula. As três saíram juntas do escritório. Clara deu carona para as irmãs. No carro, ainda incrédulas, elas perguntaram a Cora porque ela havia dito tão poucas palavras. Com um

riso sarcástico, Cora respondeu:
— Minhas amadas irmãs. A ignorância é opção de cada um... no entanto, a burrice é destino! — E nada mais disse durante todo o trajeto até a sua residência.

O velho Leonel não viveu mais do que três meses. Nesse meio tempo, fez o testamento. Levou uma vida santa, confessava-se com regularidade e comungava sempre que podia. Pediu para as sobrinhas que não morresse sem receber a extrema unção. E assim foi feito.

Muitas pessoas importantes compareceram ao enterro do saudoso Leonel Alcântara de Alencar. Muitos discursos foram ouvidos. Porém, poucos foram os que choraram. O arcebispo não rezou a missa de sétimo dia.

Chegou finalmente o dia em que seria lido o testamento do finado bilionário. Todas as irmãs estavam bastante ansiosas. Clara e Amélia tentaram sentar perto de Cora, sem sucesso. Ela estava de mãos dadas com o marido, um francês alto, descendente de família nobre. As irmãs, então, deixaram seus maridos um pouco afastados e se sentaram de mãos dadas. O testamento começou a ser lido. O primeiro nome mencionado foi o de Amélia:

— Para a minha querida sobrinha Amélia, deixo as minhas fazendas no Mato Grosso do Sul, com todo o gado que há nelas. Deixo ainda todas as minhas propriedades e os rebanhos que tenho no Nordeste do país, os imóveis que tenho em Minas Gerais e no bairro de Botafogo, no Rio de Janeiro, e mais aplicações que tenho no exterior nas contas tais e quais, que totalizam cerca de cinquenta milhões de dólares — concluiu o testamenteiro.

Amélia estava exultante. Levantou-se para abraçar o marido, beijou-o demoradamente, enrubescendo os presentes.

Depois, beijou os filhos, fez um cafuné na cabeça de Clara e foi abraçar Cora. A caçula, no entanto, estava pensativa. Enquanto era abraçada por Amélia, disse em silêncio para si mesma: *Lá se foram mais ou menos quinhentos milhões de dólares... Bom, pelo menos ela não me pedirá dinheiro...*

O segundo nome a ser lido no testamento foi o de Clara:

– Clara, minha santinha, para você eu deixo a minha mansão no Leblon, onde morei nos últimos anos de minha vida, além dos imóveis que tenho no estado de São Paulo, quarenta por cento das ações e das cotas sociais que tenho em todas as empresas do grupo Alcântara de Alencar, além das contas tais e quais que tenho na Suíça e que totalizam aproximadamente duzentos milhões de dólares...

Todos se surpreenderam com o que ouviram. Clara não conseguia conter a própria felicidade. Urrou de alegria e, esquecendo-se da presença do marido, pediu licença a todos para dar um beijo na bochecha do testamenteiro. Depois, abraçou os filhos pequenos, que não entendiam muito bem o que tinha se passado com a mãe. Deu dois beijos no rosto de Amélia e outros três no de Cora, que estava profundamente compenetrada. Quando a irmã se afastou, Cora (que era muito boa com números), disse para si mesma: *Lá se vão cerca de três bilhões de dólares... Bom, pelo menos será menos outra a me pedir dinheiro... Agora deve vir a minha parte!* – e esfregou as mãos, ansiosa.

Mas que nada! O leiloeiro retomou a palavra. E mencionou orfanatos, asilos, entidades filantrópicas, a Universidade de Harvard, o Mosteiro de São Bento e o Convento de Santo Antônio, ambos no Rio de Janeiro... Cora se desesperava, mas não parava de fazer contas na cabeça. *O que está acontecendo?* – pensava ela, já temendo ver seu nome fora da lista da *Forbes*. Restavam, entretanto, sessenta por cento das ações e das cotas sociais que o tio possuía do grupo Alcântara de Alencar e algumas aplicações financeiras, provavelmente...

Eis que o testamenteiro passou a ler uma longuíssima lista de empregados. Vários deles estavam presentes, pois todos tinham sido convocados pelo testamenteiro. Ao final da lista, ele disse que sessenta por cento das ações e das cotas sociais que tinham sido de Leonel agora pertenciam a um complicado condomínio, sendo que os empregados listados eram os condôminos-proprietários.

Euforia na sala! Muitos gritos, urros, beijos e abraços! Foi difícil conter a algazarra, mas o testamento ainda não tinha sido lido por completo.

Cora estava arrasada. Naquele momento, já tinha certeza de que seu nome não figuraria na lista da *Forbes*. Porém, o tio era muito reservado... Certamente, haveria ainda uma pequena fortuna para ela... talvez joias, talvez alguma conta bancária ainda não mencionada...

O testamenteiro retomou a leitura:

– Enfim, resta ainda a minha queridíssima caçulinha Cora. Para terminar meu testamento, deixo para a minha sobrinha amada a parte mais valiosa de minha fortuna...

Cora reanimou-se.

– Para você, Cora, a mais inteligente Alcântara de Alencar que conheci, a mais astuta, a mais erudita, o meu eterno xodozinho, para você deixo aquilo que me tornou quem fui. Para você, minha amada Cora, deixo-lhe...

O testamenteiro fez uma pausa. Cora suava bastante. Estavam todos quietos, muito atentos, sendo possível discernir no recinto o zumbido de uma mosca... O testamenteiro olhou para os presentes, olhou para Cora mais uma vez, baixou a vista para o papel, ajeitou os óculos e concluiu:

– ... Para você, minha amada Cora, deixo toda a minha coleção de livros de William Shakespeare. Tenho certeza de que eles ficam nas melhores mãos.

E mais não se disse.

PARTE III
CONTOS SÓRDIDOS

"O BEM QUE QUERO FAZER, EU NÃO FAÇO,
MAS O MAL QUE NÃO QUERO FAZER – ESTE FAÇO."
APÓSTOLO SÃO PAULO

CAPÍTULO 7
ACARÁS-BANDEIRA ALBINOS

"... NENHUM HOMEM TEM PLENA CONSCIÊNCIA DAS ENGENHOSAS ARTIMANHAS A QUE RECORRE PARA ESCAPAR À SOMBRA TERRÍVEL DO CONHECIMENTO DE SUA PRÓPRIA PESSOA."
JOSEPH CONRAD

"Lá estão os peixes brancos de novo perturbando mais outro – resmungou minha irmã. – São sempre eles! Que chatos!

Vou ser sincero com o amigo leitor. Cada linha que escrevo nasce após levar uma surra. Me irrito porque nunca consigo colocar o que quero dizer em frases elegantes. Talvez por não ler muito. Porém, quero contar uma história a vocês. Ela trata de um pequeno orgulho meu. Então, vamos a ela.

Meu pai tinha um aquário grande, com mais de metro de largura. Tinha muitos peixes. Cardumes de paulistinhas e neons, peixes limpa-fundos, peixes limpa-vidros, tetras rosas... mas nada era como os acarás, principalmente os discos.

Os acarás-disco eram os astros do aquário. De vez em quando morria algum, mas meu pai sempre repunha. Eram grandes, redondos, bastante coloridos. Minha família, as visitas, todos ficávamos admirando-os. Eles eram atraentes, embora bastante desconfiados. Quando chegavam ao aquário vindos da loja, ficavam muitas horas – às vezes dias – escondidos atrás de uma planta, até se acostumarem com o lugar. Aí sim desfilavam sua beleza da esquerda para a direita, da direita para a esquerda do aquário, sem expectativa de muita coisa além de comida.

A gente alimentava os peixes duas vezes por dia (creio que eles comiam as plantas também). Ligávamos a luz de tarde, desligávamos de noite. Meu pai trocava parte da água e limpava o aquário a cada dois domingos. Era só isso que dávamos para eles. Em troca, ganhávamos momentos de deliciosa monotonia, olhando-os nadar de um lado para o outro, e eu imaginava se eles pensavam estar num rio, no mar, numa prisão, num parque, ou no céu, ou no inferno.

Lembro-me de ter perguntado a meu pai certa vez:
– Pai, os peixes não sofrem neste aquário apertado?
– Eles não têm consciência de sua condição, filho.
– E eles são felizes assim?

Meu pai calou-se por um instante, e então disse:
– Eles não têm expectativas. Sem expectativas, os peixes não sofrem. Se não sofrem, não são como nós.
– Será mesmo, pai?

Sem me responder, ele olhou para o aquário, e mudou de assunto. Também olhei para o aquário, chateado porque mais uma vez ele me falou alguma coisa que parecia importante, mas não quis explicá-la direito.

Porém, aconteceu uma vez de aparecer um par de peixes brancos.
– Que peixes são estes, pai?
– São dois acarás-bandeira albinos, filho.
– São da família daqueles outros peixes com listras, não é?
– Sim, também são acarás-bandeira, só que albinos, inteiros branquinhos. Não são uma beleza?

O meu primeiro sentimento ao vê-los foi de simpatia.

Eram dois peixes bonitinhos, pálidos a ponto de quase brilharem, de olhos vermelhos, diferentes dos outros que eu já tinha visto. Pareciam assustados quando entraram no aquário. Quem os visse ali pela primeira vez jamais suspeitaria do que aconteceria naquelas águas tranquilas. Os acarás albinos perderam rapidamente a timidez. Iam de um lado para o outro do aquário, destemidos. Logo na primeira vez que pusemos comida, eles eram os mais famintos. E foi assim enquanto os dois viveram. Não eram peixes de esperar os outros comerem. Vinham sempre buscar seus flocos de ração com ímpeto, como se tivessem mais direito de se alimentar do que os demais.

No início, fiquei enamorado dos acarás branquinhos. Eram novidade e eu só queria ficar admirando-os, vê-los de lá para cá com os outros peixes do aquário, e não me incomodava a valentia deles. Na minha imaginação de criança, eles eram cavalos selvagens, irritadiços, daqueles que o mocinho monta nos momentos de perigo. Por isso eram peixes agitados.

Porém, com o passar dos dias – eu já tinha me acostumado com os acarás brancos no aquário – notei mais claramente como eles maltratavam os outros peixes. Comecei a me enfurecer com a tal agitação dos peixes brancos. Percebi, enfim, como esses albinos eram diferentes dos demais:

– Pai, esses peixes brancos perseguem os outros o tempo todo – disse a minha irmã pouco mais de uma semana após eles chegarem.

Era verdade. Os peixes brancos implicavam com todos os outros acarás, fossem bandeira ou disco. Formavam uma máfia dentro do aquário e estavam sempre em dupla. Geralmente, eles punham os outros peixes para correr. De vez em quando, eles enfrentavam, sempre juntos, algum acará maior que não fugia. Quando isso ocorria, os acarás albinos ficavam diante do rival, tensos, tremendo como se fossem explodir de raiva, os dois covardemente ameaçando atacar o outro peixe, que ficava parado em frente à dupla, também tenso, também tremendo, mas de medo. Às vezes, a provocação dos peixes brancos gerava algumas bicadas.

Quando eu via isso, batucava o dedo no vidro do aquário para apartar a briga. Ficava aliviado por livrar meus peixes daqueles dois valentões covardes. Porém, não ficava muito tempo sem olhar para o aquário, e lá tinha eu que ir de novo pôr os dedos no vidro para evitar um novo duelo.

Eu sabia que estava fazendo uma boa ação, e isso me tranquilizava. Entretanto, rapidamente me dei conta de uma coisa. Não era sempre que eu podia estar perto do aquário. Tinha que dormir, tomar banho, ir para a escola... Resumindo, ficava mais tempo longe do que perto do aquário. Comecei a me preocupar. Se, estando por perto, eu tinha que tocar no vidro do aquário tantas vezes para evitar atritos entre os acarás brancos e os outros peixes, imaginem o que acontecia quando ninguém estava perto do aquário? Os acarás covardes certamente estavam aterrorizando os outros acarás de boa índole.

Aquilo me preocupou bastante. Tive dificuldade para dormir por duas noites. Até que tive uma ideia excelente.

Diziam que eu era um menino bom. Mas, desde cedo, eu sempre quis fazer uma bondade grande na vida. Queria ser um herói para alguém. E, de repente, surgiu algo que eu poderia fazer. De súbito, a criança que fui viu uma oportunidade de ouro surgir.

Para alguns de vocês, o que vou contar pode parecer

banal. Porém, certa vez me disseram que o que fiz nessa ocasião inaugurou o meu destino. Achei a frase tão bonita que nunca mais me esqueci dela. Mas vamos voltar ao acontecido.

Naquela noite, fiquei ansioso aguardando que todos dormissem. Meus pais sempre conversavam e tomavam chá de noite na sala, assistindo ao jornal que passava quase de madrugada na televisão. Esperei, esperei, esperei. Até que não ouvi mais o ruído da televisão. Escutei a porta do quarto dos meus pais batendo. Resolvi esperar mais algum tempo, para não pôr o meu plano em risco.

Quando tudo me pareceu quieto o suficiente, saí devagarinho do meu quarto. Acendi uma das luzes da sala, apenas uma, para não acordar ninguém. Me aproximei do aquário.

Fitei os peixes brancos. Eles estavam parados, não sei se dormindo (nunca entendi o sono dos peixes). Respirei fundo e fui convicto realizar o meu plano.

Abri a porta do móvel que sustentava o aquário. Peguei a rede de retirar peixes. Senti uma certeza de que faria o bem como nunca antes tinha feito na minha vida. Abri a tampa de madeira que ficava na parte de cima do aquário. Pus a rede dentro da água e comecei a caçar o primeiro acará albino.

Os dois eram muito traiçoeiros. Tive alguma dificuldade para pegar o primeiro com a rede. Quando o peguei, o pus no chão, a cerca de um metro e meio de distância do aquário. Fui à caça do outro.

O segundo parecia que tinha se abatido com a captura do seu par. Foi mais fácil pegá-lo. Trouxe-o do aquário para o chão, com o bicho se debatendo na rede. Coloquei os dois naquele chão frio, um do lado do outro. Fiquei apenas observando, e aquela cena me dava prazer. Era como se a minha vontade tivesse se tornado mais importante, e me senti mais forte. Meus pais não iriam acordar, nem minha irmã. Não havia quem pudesse socorrê-los, ninguém mesmo. A decisão era minha, somente minha, e eu já tinha decidido defender os outros peixes. Eles nunca mais atacariam meus outros acarás. Nunca mais botariam os outros peixes para fugir. Naquele momento, falei para os peixes brancos: *Por que vocês foram atacar os meus outros peixes? Todos viviam bem antes de vocês chegarem. De que adianta a valentia de vocês agora? E aí? Me respondam!* Eles me ouviam e tentavam encontrar uma resposta. No entanto, só conseguiam se estrebuchar no chão. A cada minuto que passava, eu percebia que eles se conformavam com o destino, pois se remexiam menos, menos, menos... Comecei a pensar se os albinos enfim tinham compreendido o mal que fizeram, se realmente estavam arrependidos. Cogitei devolvê-los para a água, e de repente me veio à mente as palavras de papai: *"Se não sofrem, não são como nós".*

CAPÍTULO 8
UM PAÍS COMO NUNCA DEVERIA TER ACONTECIDO

"TEMOS QUE DEIXAR A VIDA CONTINUAR MESMO DEPOIS QUE O SONHO DA VIDA TENHA ACABADO COMPLETAMENTE."
TENNESSEE WILLIAMS

(I)

Quando chegou no morro, carregava consigo uma convicção que só a estupidez – empolgada por um vício furioso – seria capaz de conceber. Porém, a mentira espessa que o inebriava, empurrando a sensação da realidade para um abismo inacessível, lutou bravamente pela própria sobrevivência até se desmanchar de maneira abrupta num doloroso e tardio arrependimento.

No sopé do morro, ele encontrou alguns homens que faziam parte do tráfico. Um deles lhe perguntou:

– Está sumido, *playboy*. Veio acertar as contas?

– Sim. Vim para resolver isso. E também para levar uma branquinha, porque não sou de ferro. Mas preciso falar com o chefe.

– Então vem conosco. Me dá a mochila aí!

– Não, tranquilo, deixa que eu levo.

Dois deles o acompanharam. Ele estava devendo na boca de fumo tinha um bom tempo. Ainda assim, escravizado pela própria fraqueza, subiu o morro com uma ideia simples

e idiota: pediria mais um dia para pagar a dívida e também pediria mais um pouco da "branquinha", para revitalizar o ânimo e a coragem para roubar outra vez. Dessa vez, teria que ser algo bastante caro. Mais até que o velho carro da mãe viúva e alcoólatra, que ele já tinha entregado para quitar outra dívida. Com o roubo, pagaria tudo e tudo se resolveria, mantendo-se a engrenagem harmônica de sua degeneração. O dono do morro era seu amigo havia anos, antes mesmo de conquistar o posto. Cheiraram juntos algumas vezes. Não tinha como negar o pedido de um irmão. Três homens fortemente armados estavam na porta do local onde morava o dono do morro. Um deles – que, apesar de ainda não ter dezoito anos, já abrigava no olhar múltiplas cóleras – foi logo perguntando:
– E aí, *playboy*, finalmente vai pagar, né?
– Sim, vou.
– Beleza, passa a grana aí!
– Espera, que ainda não tenho. Mas vou ter.
– Vai ter quando, palhaço? Já era para ter pagado há muito tempo!
– Vou explicar! Desta vez, tudo vai se resolver até amanhã, no mais tardar!
– Vem explicar aqui dentro, então, seu babaca!
E, para sua surpresa, os cinco revistaram sua mochila. Após verem que não havia nada de valor dentro dela, eles o conduziram com uma brutalidade eufórica, recheada de pancadas e insultos, como se ele fosse um boneco de Judas. Assim foram até onde estava o chefe, que estava acompanhado por duas mulheres e outros comparsas. Lá, as agressões e xingamentos continuaram, enquanto o espancado gritava, gemia, se contorcia de dor e pedia clemência.

Tudo prosseguia, e certamente alguns dentes e costelas foram quebrados, até que se ouviu a voz de Rodrigão, o dono do morro:
— Podem parar! Agora chega!
Os cinco obedeceram, mais por medo que por lealdade. Quando a tortura cessou, Rodrigão tomou a palavra, dirigindo-se ao devedor:
— *Playboy*, pelo visto tu não veio pagar, tô certo?
— Não, vim sim! Não agora, mas vou pagar!
— Não tinha te avisado pra não pisar mais no morro sem me trazer a porra da grana? Somos amigos, eu sei, e por isto fui tolerante até agora. Entretanto, tu tá desmoralizando a lei aqui...
— Tinha sim, Rodrigão! Sei que você tinha avisado e o quanto tu tem sido generoso comigo. Mas hoje vim pedir só mais um pouquinho de cocaína, porque vou precisar de coragem pra roubar um carro. Preciso de um trinta e oito também! É só vocês me entregarem isso que saio agora e roubo o primeiro otário que aparecer com um carro decente!
Com olhar ferino, Rodrigão o encarou. Depois, olhou para alguns dos comparsas. Leu com apreensão a intenção de cada um nas suas expressões faciais. A ideia não parecia ter sido bem recebida.
— *Playboy*, tu tá achando que isso aqui é instituição de caridade?
Gaguejando e com sangue escorrendo da boca, ele respondeu:
— De jeito nenhum, Rodrigão!
— Então por que você acha que eu devo te dar mais cocaína, mais prazo e um revólver, enquanto outros que deviam

muito menos do que você tá devendo estão agora comendo capim pela raiz?
— Por-por-porque somos amigos, Rodrigão! Mais do que amigos! Somos irmãos! Irmãos! Você é o irmão que eu nunca tive! Eu sempre te disse isto!
— Tenho cinco irmãos, *playboy*, mas tu não é filho nem do meu pai nem da minha mãe. No mais, amigos, amigos, negócios à parte. Aqui, tu tem duas opções. Ou tu paga, ou alguém paga por ti. E esse alguém não vou ser eu. Não sou otário para sustentar marmanjo! Tu sabe disso, né? Tenho quatro mulheres e sete crianças para cuidar! Também tenho que manter a ordem aqui no morro... A lei aqui é clara, *playboy*! Tu entendeu? Ou tu cumpre ou tem que sofrer as punições. Já fui muito bonzinho contigo. Mas te dei um ultimato. Se eu voltar atrás na minha palavra, acabou a minha autoridade! Então, sinto muito! A lei vai ser cumprida, doa a quem doer.
— Espera, Rodrigão! Espera! Eu quero um julgamento! Um julgamento! Sou teu amigo, cara! Já paguei dívida com o carro da minha mãe. Vocês lembram disso? Cortei na própria carne. Roubei quase tudo lá em casa e roubei muitas vezes pra me manter em dia com minhas obrigações aqui. Já fiz muitos favores para vocês. Vocês sabem disso! Tenho direito a um julgamento! Um julgamento!
— Um julgamento?
— Sim, um julgamento! Não sou um simples viciado! Sou teu amigão, já fiz favores pra vocês! Faço parte do movimento, de certa forma! Quase respondi a um processo criminal, você sabe disso! Pelo amor de Deus, Rodrigão, tenho direito a um julgamento! Se vocês pararem pra julgar, vão ver que o mais sensato é deixar eu pagar a dívida!

Sempre fui leal! Isso tem que ser levado em consideração! O que acontecia naquele momento dentro daquele recinto era assustadoramente real, dolorosamente verdadeiro, imperdoavelmente previsível. No entanto, a evanescente impressão da realidade se confundia com a incompreensão e o desejo inevitável de que tudo aquilo fosse apenas uma espécie de trote macabro, um chiste cujo roteiro tivesse sido exagerado, e que a qualquer momento algum dos algozes encerraria a brincadeira com palavras espirituosas, permitindo que, enfim, todos gargalhassem e voltassem a ser camaradas. Sim, com certeza em breve ele sairia dali com um revólver e o vício satisfeito, encorajado pelo pó, transbordando de ódio genuíno, mais disposto do que nunca a honrar a sua palavra, empunhando ferozmente o trinta e oito nas fuças do primeiro filho da puta que se atrevesse a aparecer na sua frente com um bom carro, e naquele momento realmente não lhe importava se teria que atirar de verdade, matando pela primeira vez.

Duas sortes antagônicas disputavam a fé do endividado. Paradoxalmente, quanto mais a pungência dos fatos reforçava a realidade, afirmada pelo sabor acre do sangue na sua boca, confirmada pelo brilho da raiva nos olhos que o circundavam e pela dor vertiginosa que castigava seu corpo, tanto mais ele decifrava pistas e indícios que o levavam a acreditar que tudo aquilo era apenas uma encenação que saiu do controle sem que ninguém, além dele mesmo, tivesse percebido. O ardor das exaltações que o martirizaram, o silêncio radiosamente ameaçador que nasceu após seu pedido por um julgamento, a vibração asfixiante da ferocidade desregrada e mal contida por uma tênue coleira, todas essas percepções inequívocas eram embaçadas pela ênfase que ele dava a uma esperança que tinha raízes numa amizade frívola.

Assim, todos os xingamentos e golpes desferidos contra seu corpo, a interrupção da violência com uma simples ordem do Rodrigão, o suspense agonizante daquele momento, tudo convergia para convencê-lo de que aquilo era uma espécie de batismo, um teste de valentia, uma excruciante porta de admissão para o mundo do tráfico. Sim, definitivamente era isso, enfim ele fora recrutado, e tudo o que se passava ali nada mais era do que uma etapa necessária para seu ingresso na confraria criminosa. Todos os integrantes daquela irmandade eram selvagens, e a selvageria visceral que os distinguia como uma tatuagem certamente tinha sido forjada num ritual feito sob medida para expurgar todas as hesitações, os medos ou as clemências que eles ainda pudessem guardar secretamente no coração.

Mas o destino sempre descumpre compromissos. As mentiras que a esperança contou à imaginação do viciado estavam prestes a ser reveladas. Não, ele não seria admitido na facção criminosa. Não, ele não estava sendo submetido a um trote ou exame de ingresso. Não, a matilha não estava forjando-o à sua imagem e semelhança. Fiando-se demasiadamente na amizade do dono do morro, o viciado tinha ousado desafiar a lei daquele território, e a pena era severa para réus na sua condição. Para piorar, ele tinha pedido um julgamento e, pela jurisprudência daquele tribunal, o julgamento que poderia salvá-lo também poderia agravar o modo da execução da penalidade, caso o veredicto lhe fosse desfavorável. Sim, ele tinha exigido a deliberação dos caciques da favela, e tal deliberação sempre jogava mais lenha nas exaltações. O pedido de um julgamento que sopesasse as circunstâncias do caso era uma aposta de altíssimo risco, e a aposta perdida tinha um preço que apenas a moeda do sofrimento poderia quitar.

Ele tinha pedido um julgamento a homens duros, inflexíveis, talhados pela crueldade. Os que ainda guardavam alguma ternura no coração fingiam não mais tê-la. Ali, não havia espaço para os pudores da misericórdia. Mais do que estar acostumados à violência, eles precisavam do hábito da brutalidade para sobreviver e prosperar, e cada gesto de aparente bondade por algum integrante do grupo era precedido de uma cautela antecipada, de uma avaliação sobre o efeito que tal atitude poderia ter sobre sua reputação de ferocidade. Não, no meio daqueles homens os fracos não eram admitidos, a compaixão não era tolerada, as amizades eram frouxas, as lealdades eram precárias. Eles eram todos reféns de escolhas irreversíveis e, dia após dia, tinham que renovar suas apostas nos cassinos da barbárie. Cada momento que viviam carregava consigo uma sugestão de morte, e suas chances de sobrevivência dependiam vigorosamente do temor que inspiravam nos demais, inclusive – ou talvez principalmente – nos próprios comparsas.

E ali estava ele, no meio dos chacais, desnecessário como um chiclete mastigado, uma guimba de cigarro pisoteada.

O silêncio que alimentava suas ilusórias esperanças de sobrevivência foi interrompido por Rodrigão:

– Toinho, o que tu acha do pedido do *playboy*?

– Rodrigão, ele teve todas as chances. Agora, nem que tu pagasse a dívida dele. Por mim, já tá decidido.

Rodrigão coçou o queixo e prosseguiu:

– Kleber, e tu?

– Porra, o corno é um tremendo vacilão. Quem ele pensa

que a gente é? Aqui não tem perdão. Quem desafia a lei como ele, paga com a própria vida.
— Zeca Maluquinho, tu tá com a palavra. O *playboy* merece um julgamento?
— Rodrigão, o cara é um escroto do caralho. Puta que pariu, ele tá tirando onda com a nossa cara. Já era pra tá sentado no colo do capeta há muito tempo. Vamos acabar com o serviço e botar o micro-ondas pra funcionar logo!
— E tu, Chacal, o que pensa?
— Rodrigão, o caso pra mim é de morte. Mas considerando que ele nos prestou favores, vamos fazer um julgamento. Daria mais respaldo pra nossa decisão e mostraria pra todo mundo que a bagunça aqui é séria.
— Bom, diante das opiniões de todos...
— Espera, Rodrigão! Espera aí, cara! Pensa bem no que tu vai fazer! Lembra, tu é o chefe daqui! Sempre fomos irmãos! Eu vacilei, reconheço que vacilei! Mas vou pagar! Vou pagar, juro que vou pagar! Nunca mais vou atrasar um só dia! Tenha clemência, cara! Clemência! Por favor, só uma oportunidade pra me redimir! Só mais uma! Juro que... uuuhh! — ele foi interrompido com um murro no estômago que o levou ao chão, onde foi chutado por dois.
— Espera aí, caralho! Espera aí! Não disse ainda qual foi a minha decisão! Parem de bater no *playboy*!
— Qual é a tua, Rodrigão? Vamos detonar logo esse babaca!
— Cala a tua boca, otário! Repete o que disse que tu vai acabar no micro-ondas antes dele! — o outro resmungou, recebendo vários xingamentos de Rodrigão. Quando a situação serenou, o chefe prosseguiu:
— A minha decisão é a seguinte: *playboy*, tu é um tremendo vacilão! O que tu fez dificilmente vai ter perdão! É

uma pena, porque tu era meu amigo. E, pela nossa antiga amizade, não vou te julgar. Tu vai ter teu julgamento, mas tô fora dele. Lavo as minhas mãos. Toinho do Demônio, tu preside o tribunal. Façam justiça. Assim que eu me retirar, comecem o julgamento.

Após dizer isso, Rodrigão retirou-se com as duas namoradas, esforçando-se para não ouvir as súplicas do amigo.

(II)

Há uma regra não escrita, mas estritamente respeitada por todos aqueles que moram em favelas dominadas pelo tráfico. Ninguém mexe com as esposas dos traficantes, principalmente as do dono do morro. Porém, neste mundo há sempre alguém que põe a libido acima da prudência.

Era uma noite de sexta-feira e o baile *funk* estava apinhado de gente. As celebridades da noite eram dois jogadores de futebol relativamente conhecidos, um deles atleta de um dos maiores times italianos.

As mulheres cortejavam ambos insistentemente, e eles poderiam escolher qualquer uma da maioria das que estavam presentes no local para namorar durante à noite ou, melhor, para uma festinha particular onde quisessem, como pretendiam no início da noite, antes que o álcool colocasse as solicitações da carne acima de qualquer outra precaução. Foi quando uma loira deslumbrante começou a flertar com o atleta que atuava no futebol italiano. Não demorou para que seu companheiro de noitada – também bêbado, porém com a intuição do perigo ainda acesa – reconhecesse a tal loira e percebesse de imediato os riscos daquela paquera.

– Henrique, esquece essa loira! É esposa do chefe daqui!

É roubada! Suicídio! Tô com três aqui melhores do que ela que vão com a gente agora pro motel. Vamos aproveitar a chance e cair fora, antes que notem que vocês dois estão flertando!

– Dudu, relaxa! Sou amigo do pessoal daqui! Nada vai acontecer com a gente! Deixa só eu trocar uns beijinhos com a loira que depois a gente sai com estas três potrancas!

– Puta que pariu, tu é um babaca mesmo, né?! Qual parte você não entendeu do que eu disse? Deixa eu ser mais claro: ela é a segunda esposa do Toinho do Demônio, dono do morro! Se tu for até lá, você, ela e até eu vamos acabar no micro-ondas! Entendeu agora ou preciso desenhar?

– Dudu, porra, você sempre foi muito assustado! Fica calmo, cara! Eu sei onde piso! O Toinho do Demônio é tranquilo, confia em mim, é amigo meu, parceiro mesmo! Conheço ele de outros carnavais, desde a época do Rodrigão! Que eu saiba, ele tem um harém! O cara é tarado, não perdoa uma! Sei que ele tem esposas e filhos. Mas essa loira aí duvido que seja esposa dele. Não ia estar aqui no baile sozinha se fosse! Deve ser só mais uma que ele andou ficando, não é esposa dele, com certeza! No mais, ninguém vai perceber se eu e ela formos até um canto escuro rapidinho, pra trocar uns beijinhos! Relaxa que eu tô indo lá agora! Me espera, porra, que a gente vai acabar a noite numa suruba com estas três que tu arranjou!

Dito isso, ele partiu, sem ouvir os protestos do amigo, embriagado por uma convicção leviana, afastando-se do companheiro e indo em direção à loira com a confiança estúpida de quem despreza toda a cautela, com a assertividade temerária de quem se julga estimado o bastante para não ser ameaçado por quem quer que seja, com a certeza da alma satisfeita consigo mesma pelas próprias proezas, com o ego intumescido pelo afago fervoroso das multidões, com o deslumbramento de quem nasceu pobre e ainda muito jovem subjugou a pobreza, prosperando vertiginosamente, com muita sorte e pouca experiência de vida, com a prepotência de quem se acredita invulnerável aos golpes inesperados que o destino aplica aos mortais, sendo que tudo isso era ainda mais aguçado pelo álcool e pela cupidez despertada por uma voluptuosa fêmea que correspondia languidamente ao seu flerte. Sim, ele estava louco e hipnotizado pelo canto da sereia, desdenhava a lucidez. Porém, para sua infelicidade, a sua loucura era débil, tênue, incapaz de inspirar qualquer heroísmo ou valentia excepcional, frágil demais para qualquer martírio, para resistir à dor física e confrontar a morte. Era uma espécie de loucura covarde, uma mistura inconsequente de imprevidência com imaturidade, que o levava a menosprezar o instinto de autopreservação sem querer renunciar a ele. Enfim, estava possuído por uma insanidade que se dissiparia tão logo visse o perigo se concretizar diante de seus olhos, cedendo lugar à sanidade, à vontade de fuga, ao desespero, ao arrependimento.

– Oi, gata, qual é o teu nome?
– Sueli! Tu é o Henrique, que joga na Itália, né?
– Sim, jogo na Itália e vou jogar a próxima Copa também. Pode anotar aí! Mas por que uma princesa como tu tá perdida nesse deserto de almas?
– Vim aqui pra procurar meu príncipe e, olha só, enfim achei!
– Que bom! Vamos ali naquele cantinho para você conhecer seu príncipe melhor?
– Ah, não sei se posso...

— Por que não?
— Porque não sei... Será que o meu príncipe é corajoso o suficiente pra me levar pro seu castelo?
— Claro que é!
De repente, os dois foram cercados por cinco homens armados. Eram traficantes, conhecidos como Surfista, Cabeção, Zeca Maluquinho, Ninja e Cobra. Dudu tentou se aproximar, mas foi contido por três homens igualmente armados, os também traficantes Kleber, Chacal e Rato. Enquanto Dudu tentava argumentar com os três, o casal era conduzido pelos outros cinco, provavelmente até onde estava Toinho do Demônio.
— Pô, Rato, o moleque tá bêbado! Pede para liberar o cara! Deixa que eu dou um esporro nele, que isso não vai acontecer de novo!
— Tá maluco? O morro agora é outro! A época de molezinha acabou, o Rodrigão rodou do comando. É melhor tu ficar pianinho e ir embora. Pode mandar rezar a missa. Agora, a lei aqui é implacável! Olho por olho, dente por dente! Porra, o babaca foi mexer logo com a predileta do Toinho do Demônio! Teu amigo já era!
— Cara, ele nem sabia que essa loira era esposa do Toinho do Demônio!
— Ele não sabia? Como não? Tu sabia, porra! Por que não avisou para ele, já que cês tavam juntos? Agora já era!
— Ih, rapaz, nem percebi que ele tava olhando para ela. Se tivesse percebido, é claro que eu não teria deixado ele ir! Não sou doido!
— Tu não tá mentindo para mim não, né, malandro? Se tiver, vai acabar rodando também...
Dudu engoliu em seco. Tinha mentido, tinha cometido

um erro, mas agora era mais prudente insistir nele. Ele se deu conta rapidamente de que tinha que se recompor do susto; aprumou o corpo e, já curado da bebedeira por força da adrenalina, afirmou com a convicção que o medo lhe injetou:

– Claro que não, Rato! Você acha que sou maluco de mentir pra vocês? Ele nem sabia mesmo! É só um garoto bobo, deslumbrado, sem noção! Pede pra liberarem o cara, por favor! Na moral! Ele ainda vai nos dar muitas alegrias, você pode ter certeza!

– Bom, se ele não sabia, vacilo teu, que tinha que ter avisado e tomado conta do teu amigo! Ele deveria saber quem ela é! Onde ele pensa que tá? O otário tinha que saber onde tava pisando, tem que respeitar o comando... Quem manda ser Don Juan com a mulher errada? Tanta gostosa dando mole e ele foi se engraçar logo com a Sueli?! Quero mais é que ele se foda, pra manter o respeito aqui! Do micro-ondas ele não escapa!

– Espera aí, amigo, vocês têm noção do que tão fazendo? Sabem quem é o cara?

– É mais um jogador de futebol, já me disseram! Grande merda! Só porque tá rico, famoso, acha que pode tudo... Não, o morro agora tá sério, a lei tá sendo cumprida, o Toinho conduz tudo com mão de ferro! Vacilou, dançou, Dudu! Sinto muito. Mesmo que quisesse, eu não poderia fazer nada. Ele mexeu com a mulher do cara errado! E logo com a favorita do Toinho! Dudu, o chefe já levou não sei quantos tiros e tá inteirinho! Esse homem tem pacto com o belzebu, todo mundo aqui tem certeza disto! Dizem que ele tem um diabinho guardado na garrafa, na casa dele, e que não sai de lá sem se aconselhar com o capetinha! Eu acredito! Confesso que até eu tenho medo quando chego perto do Toinho! O capeta diz pra ele tudo o que a gente pensa... Você não sabe quantos traíras já rodaram por causa disso... Mas olha, ele pode ser íntimo do demônio, mas não gosta de chifres! Seu amigo tá ferrado, Dudu! Não queria estar na pele dele...

– Meu irmão, esse cara que vocês levaram vacilou, eu sei! Ele é burro, mas é o diabo com a bola nos pés! Tá cotado pra jogar na seleção! E joga na Itália, é o craque do time, ídolo na Europa! Na Europa! Vocês vão causar um incidente diplomático! Se ele sumir, amanhã isso aqui vai tá lotado de polícia... Vai acabar o movimento do morro, você tá entendendo o que eu tô dizendo?

– Porra, você acha que a gente tem medo de polícia, otário? Com o Toinho do Demônio no comando é firmeza, a gente encara! Tenho medo de morrer não! Antes de partir, mando pelo menos uns quatro pro inferno! Tem granada, UZZI, AK-47, AR-10, AR-15, tamo armado até os dentes! A gente destrói até o Caveirão!

– Tu não tá entendendo ainda! Amanhã não vai ter PM arregada aqui não! Eles vêm com sangue nos olhos! Vai vir o Bope, a Core, a Polícia Federal, o Exército, a Marinha, a Aeronáutica, o Batalhão de Polícia de Choque, o FBI, a Interpol, os *marines,* todo mundo... Isso vai lotar de alemão fardado, vocês não vão ter chance, cara! A imprensa não vai perdoar, a notícia vai ser manchete no mundo inteiro! Enquanto não pegarem todos os assassinos, vocês não terão paz! Aliás, vão fazer pior, vão acabar com o movimento! Quem avisa amigo é!

Um momento de silêncio. O traficante arregalou os olhos e passou a mão na testa para secar uma gota de suor. Dudu vibrou internamente ao perceber uma nuança de hesitação no rosto de Rato. No entanto, o momento não era de comemoração, mas de sombria expectativa. Dudu tinha ousado implorar pela vida do colega de profissão. Se tivesse sucesso nessa etapa preliminar, possivelmente teria que enfrentar ainda uma prova de coragem bem mais exigente: atuar como advogado do amigo face a face com Toinho do Demônio. Um olhar vacilante ou seguro demais, um gesto inadequado, uma palavra mal colocada, um vestígio de embaraço após uma pergunta, uma pitada excedente de ousadia, enfim, qualquer deslize diante daquele homem poderia ser suficiente não apenas para selar a má sorte do companheiro, mas também para colocar ele mesmo, Dudu, igualmente no cadafalso (melhor dizendo, no micro-ondas). Dudu regurgitava vários pensamentos, relembrava aflitivamente a reputação de Toinho do Demônio e alimentava uma crescente apreensão. Já tinha se arrependido de implorar pela vida do amigo quando ouviu Rato dirigir a palavra a seus comparsas:

– O que tu acha, Chacal?

– Rato, isso pode dar merda grande! Eu acho até que Toinho do Demônio não vai perdoar o moleque que joga na Itália, mas é melhor deixar o amigo dele aí dizer o que pensa na frente dele. Depois, se der merda mesmo, não vai ser por culpa nossa!

– E tu, Kleber?

– Porra, presta atenção, Rato! O Don Juan em questão não é um Zé Ruela qualquer. É o Henrique, ídolo no Brasil e na Itália! O cara é famoso pra caralho, tem um monte de fãs! A morte desse babaca vai dar manchete em todos os jornais, no Brasil e no exterior! A gente vai arriscar tudo, as nossas vidas, o pão das nossas famílias, todo o nosso negócio por causa da Sueli? Sei não! Deixa o Toinho do Demônio decidir! Se ele quiser bater de frente, não vai ter jeito! A gente vai se ferrar se for essa a decisão dele, mas fazer o quê?! Por mim, eu mandava a Sueli para o micro-ondas, dava um belo corretivo no merda do Henrique, e expulsava esses dois babacas do morro, dizendo pra eles nunca mais aparecerem aqui! E fim de papo, bola pra frente!

Rato pensou por alguns segundos. Depois, olhando para Dudu, disse:

– Vocês têm razão. Vem comigo, boneco! Vem explicar para o Toinho do Demônio isso tudo que tu disse. – E, enquanto falava, foi puxando Dudu pelo braço, escoltado pelos outros dois.

E lá foi Dudu, conduzido bruscamente pelos traficantes, lamentando de forma tardia a própria insensatez, com o medo latejando no espírito devido a um contínuo fluxo mental de conjecturas e temores, agarrando-se à esperança titubeante de se salvar e salvar o amigo. Sabia que, em breve, estaria desamparado diante de um juiz caprichoso e inclemente, tendo que advogar em favor de um réu indefensável. Só havia uma defesa possível, uma única tábua de salvação: concordar enfaticamente com os acusadores, solidarizar-se na censura do delito e, sem pedir clemência ao acusado, defender a preservação de sua vida, alegando exclusivamente que a aplicação da pena de morte, apesar de merecida, causaria uma guerra sem precedentes que traria a ruína para o próprio tribunal.

Chegaram diante da casa de Toinho do Demônio. Para os padrões do morro, era uma mansão, e na sua porta estavam seis traficantes fortemente armados. Kleber se dirigiu a eles e Dudu pôde ouvir que Henrique e Sueli já haviam chegado ao local e estavam diante de Toinho do Demônio. Rato e Kleber entraram na casa, deixando Dudu na porta, vigiado por Chacal e os demais traficantes.

Da porta, Dudu ouvia muitos gritos, reconhecendo claramente a voz suplicante de Henrique e uma voz de mulher que, pelo desespero, concluiu ser de Sueli. Um dos jagunços que estavam com ele lhe dirigiu a palavra:

– Aí, meu craque, não queria tá na pele do teu amigo, não! Se eu fosse você, pedia clemência pro Toinho do Demônio e deixava aquele babaca lá dentro se foder sozinho. Tu é sangue bom, não fez nada de errado. Vai se arriscar para consertar a merda que o outro fez pra quê?

Depois de algum tempo, Dudu ouviu gritos, dessa vez de dor. Era Henrique, certamente, e também Sueli. Passado mais algum tempo, estremeceu ao ouvir estampidos. Sim, era o som de tiros, ele estava certo disto. Henrique ainda estaria vivo? E Sueli? E ele, Dudu, por que ainda o deixavam ali? O que o aguardava? Quais eram os desígnios daquele homem terrível? Teve vontade de lutar, de chorar, de gritar, de correr, de fugir, mas se conteve. Qualquer gesto de sua parte, fosse brusco ou sutil, poderia ser determinante para o seu destino. Embora cada vez mais aflito, a prudência lhe aconselhava veementemente o papel de espectador impassível, e ele se esforçava imensamente para desempenhá-lo, fingindo desinteresse no destino das almas que estavam dentro daquela casa.

Dudu sentia cada minuto torturando-o, até que, após um tempo que não soube precisar, ele viu Rato e Cabeção saírem da casa de Toinho do Demônio.

– Dudu, vem com a gente! Toinho do Demônio quer

falar contigo! – disse-lhe Rato, com rispidez. Anestesiado pelo medo, Dudu obedeceu e seguiu escoltado pelos dois, com uma arma gelada desnecessariamente encostada no pescoço. Os três adentraram a tenebrosa casa de Toinho do Demônio. Havia uma carranca do lado de dentro, perto da porta, e sua boca arreganhada sussurrava para a imaginação de Dudu cada perigo que se aquartelava dentro daquela fortaleza do crime. Com passos cada vez mais hesitantes, Dudu caminhava contra a própria vontade, como se escorregasse para dentro da garganta de um dragão melindroso, prestes a se empanturrar de fúria e vomitar fogo no corpo de todos aqueles que tivessem lhe desagradado.

O medo apagou da percepção de Dudu as demais nuanças do caminho que o levou até a presença de Toinho do Demônio. Reparou apenas como era uma casa realmente grande, com mais de um andar e algumas portas. Os três homens chegaram onde estava o líder. Era uma sala relativamente espaçosa, escassamente iluminada, com um odor ameaçador. Nela, estavam quatro homens armados com fuzis, além do próprio dono do morro. Henrique e Sueli não estavam no local, o que trouxe um mau pressentimento que Dudu, por instinto de sobrevivência, preferiu ignorar.

– É este o amigo do boneco? – perguntou Toinho do Demônio aos jagunços que acompanhavam Dudu.

– Sim, é ele!

Toinho do Demônio aproximou-se de Dudu e o fitou ameaçadoramente nos olhos. Ainda em silêncio, o vilão parecia perscrutar todas as faces do espírito amedrontado de sua presa, investigando cada reflexo involuntário do seu corpo, como se desnudasse assim cada pensamento secreto daquele ser aflito. O olhar de Toinho dardejava uma impiedade glacial, e Dudu fazia um esforço imenso para permanecer imóvel, pois temia que qualquer gesto, mesmo que inofensivo e pequeno, despertasse nele uma antipatia fatal. Aquela inquirição silenciosa durou alguns minutos. Dudu discernia claramente o ódio e a brutalidade contidos em cada respiração de todos aqueles que estavam com ele naquele abatedouro. Enfim, o carrasco afastou-se de sua vítima. Pegou um cigarro do bolso e o acendeu. Deu o primeiro trago e soprou a fumaça no rosto de Dudu.

– E então, tu é amigo do galã?

– É... sim... quer dizer... talvez... mais ou menos. Amigo, amigo, não. Jogamos juntos nas categorias de base e nos damos bem. Saímos juntos às vezes, mas não diria que somos amigos. É, é isso. A gente se entrosa bem, mas ele não chega a ser um amigo. Somos parceiros de noitadas.

– Parceiro de noitada! *Parceiro de noitada*! – disse Toinho.

Um breve silêncio. Depois, Toinho prosseguiu, aos berros, olhando colericamente nos olhos de Dudu, enquanto todos os dedos de sua mão direita ficavam em posição de garra:

– Olha só, não gosto de covardes mentirosos! Tu tá mentindo demais! Não vou perdoar nenhuma outra mentira! Entendeu o que eu disse?!

Dudu engoliu em seco.

– Si-sim.

– Então vamos começar de novo. Tu é amigo daquele babaca?

– Sou.

– Melhor assim. Gosto de sinceridade. Comigo, nunca ninguém saiu vivo dessa situação mentindo. Tu entendeu?

— Cla-claro! Entendi. Entendi bem.
— Ótimo! Vamos lá. O galã me disse, aliás, me garantiu de joelhos que não sabia que estava paquerando a minha esposa. Isso é verdade?
Dudu hesitou e, após alguns segundos, disse:
— Não sei...
— Não sabe? Tem certeza? O Rato aqui me disse que você tinha dito o mesmo pra ele. Não foi, Rato?
— Com certeza, Toinho. Ele disse que o babaca não sabia que ela era sua esposa.
— E agora, pereba?! Como tu sai dessa? — disse Toinho, pegando uma arma e encostando-a na testa de Dudu.

Apavorado, Dudu suava abundantemente. Para salvar o amigo, tinha escolhido mentir inicialmente para os traficantes. Agora estava paralisado dentro de sua escolha, como uma mosca agonizante numa teia de aranha. Era a sua palavra contra a do jagunço, e ele tinha que justificar a contradição de depoimentos de forma convincente. Nos segundos iniciais, ele não sabia como fazê-lo. De súbito, uma inesperada sombra de esperança invadiu o seu espírito, e ele respondeu:
— Desculpa, Toinho! Estava muito nervoso quando você fez a última pergunta. Eu realmente disse pro Rato que o Henrique não sabia quem era a loira. Acredito que ele realmente não soubesse quem ela era, juro pela alma da minha falecida mãe! Mas, agora, vejo que não posso afirmar isso com certeza, embora realmente creio que ele não sabia. Mas como não queria correr o risco de mentir pra você, preferi responder "não sei"... — e, tremendo cada vez mais, ele arrematou após alguns segundos: — Em suma, é isso...
Outro momento de silêncio.

– Portanto, tu acha, apenas acha, que ele não sabia?
– É, acho que não... mas só acho!
– Então, por que tu foi defender ele? Por que não deixou ele cuidar sozinho da encrenca que arrumou?
– Na verdade, Toinho, eu o defendi sim, por instinto de amizade. Mas a minha preocupação não era apenas com ele. Gosto do pessoal do morro, gosto das festas daqui... Vejo que a casa está em ordem, que a autoridade local é respeitada... Enfim, gosto do morro do jeito que ele está, em ordem! O que eu alertei pro Rato é que o moleque é famoso, muito famoso, principalmente no exterior. Se ele for morto hoje, a notícia vai se espalhar mundialmente, e o governador não vai aceitar isto. A polícia vai vir com tudo pra ocupar o morro, vai dar uma merda danada. Os caras vão vir com tudo pra guerra! É isso! O cara é muito famoso, matar ele vai dar um problema enorme. Você sabe quem ele é?
– Pereba, você acha que eu cheguei onde cheguei sendo idiota? Você acha que eu não sei quem é o babaca do galã, por acaso? Olha bem pra minha cara!
– Não, Toinho, de jeito ne-nenhum. Eu sei quem você é, sei que você é firmeza! Só queria ajudar...
Toinho calou-se novamente. Ninguém ousava dizer palavra na sala antes dele. Dudu não sabia mais o que fazer. Pressentia que a sua sorte dependia, agora, de um julgamento arbitrário, de um humor imprevisível, de um capricho do destino. Nada lhe restava fazer senão rezar em silêncio.
– Rapaz, não sei ainda o que fazer contigo. Vou consultar o mestre para decidir.
Toinho enfim tirou a arma da testa do jogador e se dirigiu a uma mesa que distava pouco mais de dois metros de onde eles estavam. Sobre ela, havia uma garrafa escura

e duas velas. Ele juntou as mãos em posição de prece e se ajoelhou. Sussurrou algumas palavras inaudíveis. Após algum tempo, fez um gesto de gratidão para a garrafa e se levantou. Virou-se para Dudu e caminhou na sua direção. Finalmente, disse:

– Hoje é teu dia de sorte, pereba! O mestre gostou de você, me disse que tu foi sincero. Logo, tu tá liberado. Vaza daqui.

Dudu queria agradecer à garrafa, mas se conteve. Era como se ele literalmente estivesse devendo um favor ao demônio. Sabia que isso não era bom, mas tinha salvado a sua vida. Fez um agradecimento comovido, mas cauteloso, para Toinho. No entanto, algo o impedia de partir:

– Toinho, e o Henrique? Vocês mataram ele?

– Pereba, tu acha que sou maluco? Não vou dar mole. Tenho que saber me proteger também. Não posso abusar da proteção do demônio. Não sou o seu único apadrinhado neste mundo...

– Posso ver o Henrique, então?

– Não, definitivamente não! Não vou matar ele, mas ele tá tendo o castigo dele... Só depois é que o galã volta pra casa.

Dudu ouviu isso e, após alguns segundos, fez menção de partir. Foi interrompido pela ironia de Toinho:

– Senti que tu quer saber o que vai acontecer com o teu amigo, não é verdade?

– Sim, sim, claro! – respondeu Dudu, assustado.

– É bom que você saiba, pra que todos aprendam que comigo não tem perdão! Teu amigo estava muito excitado no baile hoje. Pois bem, ele já levou alguns sopapos e tá agora com dois caras bem-dotados para aquietar o fogo. Depois, o galã vai ser protagonista de uma festinha com drogas e travestis. E vai ter que aparecer sorrindo, empolgado, cheirando bastante e animado, fazendo tudo o que a gente mandar, caso queira sair daqui vivo. A festinha vai ser devidamente filmada e os melhores momentos vão tá nos celulares do Rio de Janeiro inteiro amanhã... O teu amigo vai ser manchete no mundo todo! – disse Toinho, rindo junto com os seus comparsas. Dudu forçou um sorriso e partiu dali assim que pôde.

Dudu não reviu Henrique após o infeliz incidente. De fato, os vídeos da festinha com cocaína e travestis se espalharam rapidamente pelas redes sociais, e a notícia se espalhou nos sites de fofocas. Henrique partiu para a Itália no primeiro voo disponível. Seus patrocinadores rescindiram seus contratos em poucos dias, um após o outro, num efeito dominó, e o clube pelo qual ele jogava ameaçava fazer o mesmo. Ele tinha assuntos urgentes a resolver.

Sueli foi hospitalizada. Estava gravemente ferida, cheia de hematomas, além de ter levado tiros. Sua família alegou, no hospital, que ela dirigia uma moto quando foi atingida por cinco balas perdidas. Os demais ferimentos teriam sido resultado da queda da moto, até mesmo os olhos roxos, justificados pela falta de capacete. Seu filho pequeno foi morar com a sogra, mãe de Toinho do Demônio.

Quando ela saiu do hospital, foi imediatamente convocada a depor na delegacia. Confirmou, com uma convicção aflita, a versão dos familiares, e, apesar de algumas contradições no seu depoimento, os policiais não insistiram em esclarecer os pontos obscuros. Recusou-se a responder as perguntas de alguns repórteres que a aguardavam na saída da delegacia. Continuou a morar no morro como esposa de Toinho. O caso foi arquivado pela polícia.

(III)

Há um tumulto de fatos que o pavor embaralhou na minha memória, sendo tarefa impossível reconstituir em palavras, com exatidão, o que se passou naquela noite. Muitos incidentes e nuanças passaram despercebidos, outros foram acrescentados inconscientemente pela minha imaginação, e todos eles, reais ou imaginários, se acumularam e se mesclaram a emoções perturbadoras, confundindo a percepção do que se sucedeu e a cronologia do ocorrido. Mas tentarei relatar, com a fidelidade possível, o que vi. Peço que o leitor me perdoe antecipadamente pelas ênfases e pelas lacunas da minha narrativa, estabelecidas pelo que ficou impregnado na minha memória. Sim, confesso que estou aliviado, embora acredite que jamais vá conseguir me livrar do pânico que o destino insidiosamente plantou no meu coração. A lembrança desse infeliz episódio me assombra como se fosse a vingança de uma maldição pelo seu fracasso.

Lembro-me com nitidez daquela simpática moça que estava sentada ao meu lado no ônibus, na janela que ficava três assentos antes do último à esquerda, o lado do motorista, perto da porta de saída. Seu nome era Sara, me recordo bem quando ela me disse como se chamava. Tinha olhos negros vivos que se destacavam no seu rosto magro e discretamente bonito, um sorriso agradável que dificilmente abandonava os seus lábios, os cabelos escuros refletindo a luz do ônibus, e uma roupa "comportada". Em poucos minutos, ela resumiu sua vida familiar. Era casada, tinha dois filhos pequenos, uma menina de três anos e um menino de cinco, bastante levado. O marido era mestre de obras e estava sem trabalhar. Tinha ficado em casa com as crianças. Quando ela e o marido tinham que trabalhar no mesmo horário, eles deixavam as crianças com a mãe dela, uma senhora aposentada que morava na mesma rua com o marido, padrasto de Sara (o pai dela tinha morrido cedo, de infarto), e uma filha solteira do segundo casamento de sua mãe. Enfim, Sara conversava bastante comigo, primeiro sobre sua família, depois sobre o novo emprego, de que ela gostava, lamentando apenas ter que sair tarde muitas vezes, como naquele dia. Em certo momento, ela interrompeu a fala e puxou um terço de sua bolsa:

– Este terço foi a minha mãezinha que me deu! Carrego ele sempre comigo. Ele me protege onde quer que eu vá. Agora, o senhor me dá licença uns minutinhos, que preciso fazer umas orações, agradecer a Deus por estar novamente empregada. Depois a gente prossegue com a nossa conversa.

O relógio apontava quase onze horas da noite e o céu era dominado por uma lua que cobiçava a atenção de todos, acompanhada de estrelas de brilho tímido e nuvens indecisas. O ônibus não estava lotado. Não havia passageiros de pé e ainda havia uns dois ou três bancos vazios. Era um ônibus com catraca na frente e ar condicionado, no qual o motorista fazia também o papel de cobrador. O motorista era um sujeito baixinho, barrigudo, com a camisa aberta no peito, cabelos desgrenhados e que suava consideravelmente apesar da refrigeração do coletivo. Lembro-me de ter visto um homem jovem de calça jeans e camisa branca sentado alguns bancos adiante, já cochilando, ressonando. Uma morena bastante bonita, também de calça jeans, com os seios volumosos se insinuando por baixo da camisa, atraía os olhares de alguns homens, inclusive o meu. Havia dois casais, um deles composto por um moreno alto e por uma loira baixinha, sentados no banco imediatamente à minha frente, que vez ou outra se altercavam porque a loira tinha cismado que o namorado teria outras mulheres, o que ele obviamente negava. O outro casal estava um pouco mais à frente, ele talvez uns cinco centímetros mais alto que ela, em outra sintonia. Eles se entretinham mutuamente, absortos na troca de afagos e palavras carinhosas sussurradas ao pé do ouvido. A minha impressão era que, juntos, eles ficariam horas ali naquele ônibus sem perceber a passagem do tempo, visto que a presença de um era suficiente para a alegria plena do outro. Havia alguns homens e mulheres com a fadiga estampada no rosto, assim como suas melancolias, suas apreensões, suas desilusões. Um homem estava vestido com um terno preto e carregava uma Bíblia na mão, e eu poderia jurar que se tratava de um pastor, embora ele não tenha feito nenhuma pregação. Um senhor de óculos tentava, com muita dificuldade, ler um livro dentro daquele veículo nervoso, com freadas bruscas e acelerações desnecessariamente fortes. Não deve ter avançado muito na leitura, pois o percebi virando apenas uma ou duas vezes as páginas do livro. Ao meu lado, sentado também perto do corredor, havia um homem de estatura mediana, com os músculos querendo explodir para fora da roupa, quieto, de cabelos curtos e rosto tenso, que observava discretamente o que se passava dentro do ônibus, como se espreitasse algum risco provável ou iminente. Havia ainda outras pessoas, gordas, magras, com as expressões aborrecidas e os corpos ainda estressados pela estafante jornada de trabalho, ansiosas para chegar em casa, visto que o ônibus tinha partido do centro da metrópole e ia em direção a uma das cidades periféricas da região metropolitana. Pelo que pude perceber, os passageiros tinham entre vinte e sessenta e poucos anos, e poucos eram os que falavam alguma coisa. De repente, o ônibus se aquietou. Fora os ruídos da própria máquina que transportava o grupo e alguns barulhos do trânsito, nada mais se ouvia. Podia-se acreditar que todos tinham resolvido fazer um tributo ao silêncio, como que pressagiando algum evento arrebatador que extinguiria a paz que aparentemente reinava. Foi nesse preciso momento que dois homens se levantaram, creio eu, do último banco do ônibus e foram para a frente do coletivo.

Um deles pulou a catraca, puxou um revólver e o apontou para a cabeça do motorista. O outro, que não chegou a pular a catraca, sacou também uma pistola. O que estava perto do motorista disse:

– É um assalto, piloto! Não para de dirigir, só para se eu mandar, entendeu? Obedece, senão morre! Apaga as luzes desta porra! E nem ousa piscar os faróis desta merda, senão você vai pro colo do capeta ainda hoje! E vai me passando o que tu tem de dinheiro, agora!

O motorista obedeceu e apagou as luzes. O outro homem, diante dos passageiros, disse:

– Vocês ouviram o meu parceiro! É um assalto! Obedeçam! A gente só quer a grana e os seus pertences. Se ninguém fizer merda, todos saem vivos daqui! Mas quem quiser bancar o valente vai acabar vestindo um paletó de madeira!

Confesso que, nesse primeiro momento, fiquei apreensivo, porém não me assustei muito. Seria a terceira vez que seria assaltado naquele trajeto de ônibus. O relógio que eu estava usando tinha sido comprado num camelô, meu celular era barato, estava com o dinheiro do ladrão separado, enfim, não havia nada de valor comigo. O assalto era um evento que eu sabia que iria ocorrer novamente mais dia, menos dia, da mesma forma que chove de vez em quando. No entanto, era possível sentir no ambiente um silencioso pedido de socorro, e lia-se em todos os semblantes uma súplica pela sobrevivência. O ritmo das respirações estava em sintonia com a tensão asfixiante do momento. Ouviam-se alguns soluços e choros. Alguns passageiros, de forma instintiva e perigosa, cobriam os relógios com algo que tivessem ao alcance das mãos, e eu soube depois que um deles tentou esconder seu celular dentro da calça. Uma mulher retirava uma bonita aliança do dedo e já a transportava discretamente para a boca quando foi interrompida pelo brado ameaçador de um dos bandidos. Dali

De onde estava, vi que a discussão do casal da frente tinha sido esquecida e pude escutar melhor as orações com fervor renovado da minha vizinha de banco, que apertava o terço mais fortemente com as duas mãos enquanto rezava. Uma lágrima angustiada deslizou pelo seu rosto. Percebi também que ela intercalava, entre as orações, os nomes da mãe, do marido e dos dois filhos, cujas fotos eu tinha visto um pouco antes. Deixei-me contagiar pelo medo mais acentuado dos demais e fui ficando bem mais preocupado com o desfecho de tudo aquilo.

    Uma mulher implorou para que o bandido não levasse todo o seu dinheiro, visto que estava muito endividada, separada do marido e sustentando sozinha três filhos. Ele a chamou de vaca, disse que nada daquilo era problema dele, ameaçou matá-la e exigiu tudo o que ela tivesse. E a pobre entregou tudo, até os brincos.

Porém, a tensão atingiu novo patamar quando o rapaz que dormia, que tinha sido despertado pelos gritos dos assaltantes, mostrou sua carteira para o ladrão. Só havia duas moedas nela e o rapaz vestia uma camisa branca puída e uma calça jeans desbotada pelo uso, sem relógio ou cordões. Só as duas moedas e um celular barato. Ou seja, ele não tinha nada de grande valor além da própria vida.

– Seu corno babaca! Como é que tu sai de casa sem dinheiro? Tu acha que me engana? Levanta as mãos pra eu te revistar! Tenho certeza que tu tá escondendo algo! Tomara que eu esteja errado, porque se não tiver, você tá fodido, entendeu, seu filho da puta?! – gritou o ladrão.

A vítima ficou paralisada, sem fazer nada, com um ar apalermado. Foi o suficiente para que o assaltante lhe desse duas coronhadas com o revólver. O agredido gritou de dor e se atirou no chão do corredor do ônibus, pedindo clemência.

– Levanta daí, babaca, se não vou ter que sentar o dedo em cima de você!

– Pelo amor de Deus, não faz isso! Não atira em mim, por favor!

– Mata esse filho da puta! Mata logo, porra! – disse o outro, com a arma ainda apontada para a cabeça do motorista.

O comparsa olhou para a vítima deitada, suplicando, encolhida no chão com os antebraços protegendo inutilmente o rosto. Vomitando xingamentos, o bandido insistiu, por uns trinta segundos, para que o rapaz voltasse para o seu banco e ficasse quieto, mas não foi obedecido. Cada vez mais desesperada, a vítima continuava no chão, implorando por sua vida ao mesmo tempo que o bandido gritava. O outro comparsa estava cada vez mais irritado, dizia que aquilo era um truque, que ele estava encenando para reagir, e ordenou novamente que o seu cúmplice atirasse, pois tudo já tinha saído do roteiro mesmo. Isto pareceu desnortear e inflamar ainda mais o bandido que tinha agredido a vítima. Ele mandou que o agredido calasse a boca. Não foi atendido. Então, gritou *agora chega!* e mirou bem o revólver, preparando-se para atirar. Foi quando um sujeito forte que sentava num banco próximo ao meu, do outro lado do ônibus, deu um salto rápido, ajoelhou-se no corredor do ônibus, puxou um revólver e o apontou na direção do bandido, berrando:

– Larguem as armas! Polícia! Vou contar até três, e se não largarem suas armas no chão e levantarem os braços, vou atirar nos dois!

O policial esperou um pouco e começou a contagem. Houve um breve momento de hesitação do bandido que estava com a arma apontada para o homem no chão, mas, entre o número dois e o três, ele começou a se contorcer para trás, com o propósito de apontar e atirar na direção da voz que tinha ouvido. Mas não chegou a se virar. Levou dois tiros, um na cabeça e outro nas costas, e caiu morto. Sua arma caiu no chão, mas não disparou. Houve muitos gritos e pavor dentro do coletivo, ainda escuro.

O outro marginal também estava pronto para o confronto. Antes mesmo que o comparsa fosse atingido, também no meio da contagem do policial, ele tinha tirado a arma da cabeça do motorista e apontado na direção do rival. Com a queda do comparsa, ele correu para perto da escada do ônibus. Os outros passageiros se abaixaram, tentando se proteger por detrás dos bancos, e eu fiz o mesmo. O policial e o bandido sobrevivente trocaram ainda cerca de seis tiros, e vidros estilhaçaram. O braço do bandido foi atingido de raspão, o que percebemos por um breve urro de dor. Pelo que me contaram, ele se agachou, trocou a arma de mão e a apontou novamente para o motorista, ordenando que ele parasse o ônibus e abrisse a porta. O motorista fez isso e o bandido conseguiu escapar correndo.

O motorista acendeu imediatamente a luz do ônibus. O policial foi na direção do bandido morto, com o revólver na mão. Constatou o seu óbito e foi socorrer o homem que estava deitado no chão, apavorado, mas ileso.

Foi quando levantei a cabeça, que estava atrás do banco do ônibus, e percebi que a minha vizinha estava tombada com a cabeça apoiada no vidro da janela do ônibus. Desesperado, tentei chamá-la, mas logo percebi que ela tinha levado um tiro. Estava sangrando, já morta. Assustado, gritei e olhei para o chão, onde estava o seu terço sobre sua bolsa aberta. Ainda pude ver novamente as fotos de seus filhos recolocadas dentro da bolsa às pressas.

O policial pediu para saltar a umas três ruas dali e sumiu na escuridão da noite. O motorista seguiu para o hospital, onde deixamos os dois mortos e algumas pessoas que passaram mal. Depois, o ônibus rumou para a delegacia. Todos prestaram depoimento, passageiros e motorista. Ninguém conseguiu fazer o retrato falado do policial, embora alguns tenham feito o retrato falado do bandido sobrevivente.

Eu até poderia ter descrito o rosto daquele homem, embora o tenha visto com clareza apenas quando ele entrou no ônibus, um ponto após o meu. Mas preferi não o fazer. Disse que não o vi bem e os policiais civis acreditaram (ou fingiram acreditar) em mim.

Na saída da delegacia, havia alguns repórteres. Uma moça atraente se aproximou de mim e me fez algumas perguntas. As duas últimas foram:

– O policial não teria sido imprudente, pondo em risco sem necessidade a vida dos passageiros?

– Não acho. O assaltante iria atirar num homem no chão. Na minha opinião, o policial agiu para defender a vida dele.

– A bala que matou a passageira ao seu lado pode ter partido da arma do policial?

– Não, de forma alguma. Ele estava atirando para a frente, em outra direção. A bala certamente veio do revólver do outro bandido.

Após essas duas respostas, a repórter suspirou fundo, franziu a testa e saiu sem me fazer novas perguntas ou dizer qualquer palavra, procurando outra pessoa para entrevistar. Outros dois repórteres que estavam por perto tentaram continuar a entrevista, mas fui embora sem responder mais nada.

Desde então, não posso mais ver um terço que viro o rosto e começo a chorar. A face ensanguentada daquela mulher ainda aparece insistentemente em quase todos os pesadelos que tenho.

(IV)

– Gabriela, vem pra casa. Já são quase dez horas. Está tarde!

– Já vou, mamãe.

Gabriela era uma menina de dez anos que morava na favela com a mãe, o pai e três irmãos menores. O pai era garçom num bar e viraria aquela madrugada trabalhando.

Dois dos meninos dormiam dentro do pequeno barraco, e o menor estava sendo ninado no colo da mãe, que saiu para chamar a filha. Gabriela era a única que estava na rua, perto do barraco onde morava, quando começou a troca de tiros.

– Que porra é essa?! Caralho, não posso nem foder em paz! – disse Toinho do Demônio, que estava com uma das esposas e saiu ao ouvir as rajadas de balas.

– Estão tentando invadir o morro. São traficantes do comando rival – respondeu Chacal.

– De onde eles vêm?

– Estão vindo do asfalto, mas tem também homens invadindo pela mata!

– Vamos detonar esses filhos da puta! Eles acham que tamos fracos, mas cada um de nós vale por três deles! E a gente conhece o morro! Vamos destruir eles!

Recentemente, o bando de Toinho do Demônio tinha sofrido significativas baixas. A derrocada se iniciou quando pareciam inatingíveis. No auge de seu poderio, o grupo tomou um gosto desnecessário por emboscadas ousadas contra policiais e seus familiares. Pagaram um preço doloroso pelo descomedimento. Muitos membros foram presos ou mortos, e houve ainda várias apreensões de armas, drogas e dinheiro da facção. Eles se enfraqueciam semana após semana. Por sua vez, a hoste rival não enfrentava o mesmo problema e queria havia muito tempo o controle daquele morro rentável.

Como sempre fazia em momentos decisivos, Toinho foi até o local onde ficava a garrafa que guardava seu demônio protetor. Juntou as mãos como numa prece e se aproximou do objeto de devoção. Ajoelhou-se. Sussurrou algumas palavras diante dele. Passado mais ou menos um minuto, se levantou e saiu para assumir o comando da batalha de outro local, junto com alguns de seus homens.

– Vamos lutar! O morro é nosso! O inferno tá do nosso lado!

Eles já viviam no inferno. Todos os que moravam naquela comunidade estavam mergulhados numa ordem instável e feroz, cuja lei nada mais era do que a vontade cambiante de líderes que se sucediam bruscamente por ciladas do destino. A organização criminosa que dominava a favela estruturava-se numa pirâmide hierárquica em permanente convulsão. Toinho do Demônio era o atual dono do morro, e os humores e caprichos de sua alma violenta decidiam os destinos de milhares. No entanto, naquela noite, a sua autoridade estava ameaçada por forças superiores, mais especificamente por uma quadrilha que crescia de forma assustadora. Os inimigos de Toinho tinham planejado bem a invasão daquela cobiçada boca de fumo, contando com a lealdade de alguns traficantes locais insatisfeitos que, naquela noite, iriam trair o chefe. Alguns exilados do morro também participavam do ataque.

Todos os combatentes, homens do tráfico, tinham os espíritos acorrentados a uma inquietação permanente, sentindo o perigo bufando sem cessar na garupa. Eram vultos que se movimentavam em vielas estreitas, sob a luz escassa da noite, oprimidos por uma exaltação perturbadora que os impelia a lutar para manter a esperança tímida de fugir, por mais um dia, de um desfecho trágico. Vários queriam apenas sobreviver para talvez encontrar em algum momento uma improvável rota de fuga; outros queriam aniquilar seus rivais, agarrados à ambição desmedida de desfrutar todos os prazeres e luxos que pudessem até que a morte os alcançasse; havia também os que alternavam o desejo de sair da bandidagem com o de permanecer nela, enquanto alguns apenas queriam continuar satisfazendo os intermináveis apetites da crueldade.

As duas facções guerreavam na favela. Os invasores nitidamente levavam vantagem e avançavam como uma serpente que se enrosca na sua presa, sufocando-a. Eles calcularam acertadamente as forças do inimigo e queriam fincar sua bandeira naquele território ao final daquela batalha. No entanto, os homens de Toinho eram combatentes locais, que conheciam profundamente a geografia da área. Esse era o único trunfo que tinham no combate, embora os rivais também tivessem criminosos do morro a seu favor.

Numa viela, Toinho do Demônio defrontou-se inesperadamente com adversários. Ele estava acompanhado por cinco homens, mas os inimigos estavam em maior número. A troca de tiros foi instantânea e frenética. Cada um deles era instigado simultaneamente por uma apreensão aflitiva e por um ódio saboroso. Com a adrenalina em alta, os homens mandavam chumbo quase sem se proteger, arriscando-se como se as balas inimigas não fossem de verdade.

Os invasores saíram-se melhor no confronto. Três homens do grupo de Toinho foram abatidos, e os sobreviventes fugiram. Um deles, ferido à bala, logo se refugiou num casebre, enquanto o outro continuou escoltando o chefe. Sete bandidos perseguiram Toinho e seu comparsa pelos caminhos estreitos do morro.

O guarda-costas de Toinho foi baleado alguns minutos após o início da fuga. Caiu ao chão e ali ficou. Toinho estava agora sozinho e agoniado. Sem encontrar os sobreviventes de seu grupo, corria como um coelho perseguido por predadores. Algum tempo depois, num impulso desesperado, entrou num barraco onde havia uma mãe com quatro crianças. Lá, ficou de tocaia, com um revólver que conseguira guardar consigo, torcendo para que os rivais tivessem perdido o seu rastro.

No entanto, a mãe, atônita, não pôde evitar o choro e os gritos das crianças assustadas. Havia uma espiral crescente de desespero naquele casebre, como se todos pressentissem as cenas ainda mais dramáticas que viriam. De fato, não tardou até que os traficantes invasores desconfiassem que Toinho do Demônio estava ali dentro.

O barraco foi logo invadido. Toinho ainda abateu dois homens a tiros. Foram as suas últimas vítimas. Atingido por várias balas, mal teve tempo para um último suspiro. Sua última frase foi um dizer qualquer, uma súplica vulgar ou talvez uma imprecação. A frase final daquele homem temível foi lacônica como sua glória, angustiante como a humilhação, uma praga inútil de um pirata naufragado.

Os invasores perceberam que tinham abatido o dono do morro. O troféu jazia no chão, ensanguentado.

O reinado de Toinho havia acabado.

Mas não apenas traficantes foram baleados no confronto. A menina Gabriela, de dez anos, filha mais velha de uma família com três irmãos menores, também foi atingida. Milagrosamente, foi a única da família a levar tiros.

Ao perceber que sua filha havia sido baleada, a mãe a pegou nos braços, aturdida. Ela saiu do barraco, esquecendo-se momentaneamente das demais crianças, que choravam apavoradas, sem compreender o que ocorria.

Na rua, no colo da mãe, um corpo magro e exangue. No coração da mulher, o desespero exaltado, a esperança esgotada, a devastação da existência, a vontade apagada de viver. Uma chaga invencível se comprimia em gritos de dor. Mas a menina nada ouvia.